BIBLIOTHÈQUE
DE PHILOSOPHIE CONTEMPORAINE

LES

LOIS SOCIALES

ESQUISSE D'UNE SOCIOLOGIE

PAR

G. TARDE

De l'Institut
Professeur au Collège de France

SIXIÈME ÉDITION

PARIS
FÉLIX ALCAN, ÉDITEUR
LIBRAIRIES FÉLIX ALCAN ET GUILLAUMIN RÉUNIES
108, BOULEVARD SAINT-GERMAIN, 108

LES
LOIS SOCIALES

LES
LOIS SOCIALES

ESQUISSE D'UNE SOCIOLOGIE

PAR

G. TARDE

de l'Institut

Professeur du Collège de France

SIXIÈME ÉDITION

PARIS

FÉLIX ALCAN, ÉDITEUR

LIBRAIRIES FÉLIX ALCAN ET GUILLAUMIN RÉUNIES

108, BOULEVARD SAINT-GERMAIN, 108

—

1910

AVANT-PROPOS

Dans ce petit volume, qui renferme la substance de plusieurs conférences faites au Collège
libre des sciences sociales en octobre 1897, j'ai
essayé de donner non pas seulement ni précisément le résumé ou la quintessence de mes trois
principaux ouvrages de sociologie générale — les
Lois de l'Imitation, l'*Opposition universelle* et la
Logique sociale — mais encore et surtout le lien
intime qui les unit. Cette connexion, qui a fort
bien pu échapper au lecteur de ces livres, est ici
mise en lumière par des considérations d'un
ordre plus général. Elles permettent, ce me
semble, d'embrasser dans un même point de vue
ces trois tronçons, séparément publiés, d'une
même pensée, ces *membra disjecta* d'un même

corps d'idées. Peut-être me dira-t-on que j'aurais
aussi bien fait de présenter tout d'abord en un
tout systématique ce que j'ai morcelé en trois
publications. Mais, outre que les ouvrages en
plusieurs tomes épouvantent avec quelque raison le lecteur contemporain, à quoi bon nous
fatiguer à ces grandes constructions unitaires,
à ces édifices complets ? Ceux qui nous suivent
n'ayant rien de plus pressé que de démolir ces
bâtisses pour en utiliser les matériaux ou s'en
approprier un pavillon détaché, autant vaut-il
leur épargner la peine de cette démolition et ne
leur livrer sa pensée qu'en fragments. Toutefois
à l'usage des esprits singuliers qui se plaisent à
reconstruire ce qu'on leur offre à l'état fragmentaire comme les autres à briser ce qu'on leur présente d'achevé, il n'est pas inutile peut-être de
joindre aux parties éparses de son œuvre un
dessin, une esquisse, indiquant le plan d'ensemble qu'on aurait aimé à exécuter si l'on s'en
était senti la force et l'audace. C'est toute la raison d'être de cette mince brochure

G. T.

Avril 1898.

LES LOIS SOCIALES

INTRODUCTION

A parcourir le musée de l'histoire, la succession de
ses tableaux bariolés et bizarres, à voyager à travers
les peuples, tous divers et changeants, la première
impression de l'observateur superficiel est que les
phénomènes de la vie sociale échappent à toute formule générale, à toute loi scientifique, et que la prétention de fonder une sociologie est une chimère.
Mais les premiers pâtres qui ont considéré le ciel
étoilé, les premiers agriculteurs qui ont essayé de
deviner les secrets de la vie des plantes, ont dû être
impressionnés de la même manière par l'étincelant
désordre du firmament, par la multiformité de ses
météores, par l'exubérante diversité des formes végétales ou animales, et l'idée d'expliquer le ciel et la
forêt par un petit nombre de notions logiquement
enchaînées sous le nom d'astronomie et de biologie,

cette idée, si elle avait pu leur luire, eût été à leurs yeux le comble de l'extravagance. Il n'y a pas moins de complication, en effet, d'irrégularité réelle et de caprice apparent dans le monde des météores ou dans l'intérieur d'une forêt vierge que dans le fouillis de l'histoire humaine.

Comment donc, en dépit de cette diversité on doyante des états célestes ou des états sylvestres, des choses physiques ou des choses vivantes, est-on parvenu à faire naître et croître peu à peu un embryon de mécanique ou de biologie? C'est à trois conditions, qu'il importe de distinguer bien nettement pour se faire une notion précise et complète de ce qu'il convient d'entendre par ce substantif et cet adjectif si usités, *science* et *scientifique*. — D'abord, on a commencé par apercevoir quelques similitudes au milieu de ces différences, quelques *répétitions* parmi ces variations : les retours périodiques des mêmes états du ciel, des mêmes saisons, le cours régulièrement répété des âges, jeunesse, maturité, vieillesse, dans les êtres vivants, et les traits communs aux individus d'une même espèce. Il n'y a point de science de l'individuel comme tel; il n'y a de science que du général, autrement dit de l'individu considéré comme répété ou susceptible d'être répété indéfiniment.

La science, c'est un ordre de phénomènes envisagés par le côté de leurs répétitions. Ce qui ne veut pas dire que différencier ne soit pas un des procédés essentiels de l'esprit scientifique. Différencier aussi bien qu'assimiler, c'est faire œuvre de science; mais ce n'est qu'autant que la chose qu'on discerne est un type tiré dans la nature à un certain nombre d'exemplaires et susceptible même d'une édition indéfinie. Tel est un type spécifique qu'on découvre, qu'on caractérise nettement, mais qui, s'il était jugé être le privilège d'un individu unique et ne pouvoir être transmis à sa postérité, n'aurait point à intéresser le savant, si ce n'est à titre de curiosité tératologique.

Répétition signifie production conservatrice, causation simple et élémentaire sans nulle création, car l'effet, élémentairement, reproduit la cause, comme le montre la transmission du mouvement d'un corps à un autre ou la communication de la vie d'un être vivant au bourgeon né de lui. Mais ce n'est pas seulement la reproduction, c'est la destruction des phénomènes qui importe à la science. Aussi la science, à quelque région de la réalité qu'elle s'applique, doit-elle y rechercher, en second lieu, les *oppositions* qui s'y trouvent et qui lui sont propres : elle s'attachera donc à l'équilibre des forces et à la symétrie des

formes, aux luttes des organismes vivants, aux com
bats de tous les êtres.

Ce n'est pas tout, et ce n'est même pas l'essentiel.
Il faut, avant tout, s'attacher aux *adaptations* des
phénomènes, à leurs rapports de co-production vrai
ment créatrice. C'est à saisir, à dégager, à expliquer
ces harmonies que le savant travaille ; en les décou-
vrant il parvient à constituer cette adaptation supérieure, l'harmonie de son système de notions et de
formules avec la coordination interne des réalités.

Ainsi, la science consiste à considérer une réalité
quelconque sous ces trois aspects : les répétitions,
les oppositions et les adaptations qu'elle renferme,
et que tant de variations, tant de dyssymétries, tant
de dysharmonies empêchent de voir. Ce n'est pas, en
effet, le rapport de cause à effet qui, à lui seul, est
l'élément propre de la connaissance scientifique. S'il
en était ainsi, l'histoire pragmatique, qui est toujours
un enchaînement de causes et d'effets, où l'on nous
apprend toujours que telle bataille ou telle insurrec-
tion a eu telles conséquences, serait le plus parfait
échantillon de la science. L'histoire cependant, nous
le savons, ne devient une science que dans la mesure
où les rapports de causalité qu'elle nous signale apparaissent comme établis entre une cause générale,

susceptible de répétition ou se répétant en fait, et
un effet général, non moins répété ou susceptible de
l'être. — D'autre part, les mathématiques ne nous
montrent jamais la causalité en œuvre; quand elles
la postulent sous le nom de *fonction*, c'est en la dis-
simulant sous une équation. Elles sont pourtant une
science et le prototype même de la science. Pourquoi?
Parce que nulle part il n'est fait une élimination plus
complète du côté dissemblable et individuel des
choses, nulle part elles ne se présentent sous l'aspect
d'une répétition plus précise et plus définie, et d'une
opposition plus symétrique. La grande lacune des
mathématiques est de ne pas voir ou de mal voir les
adaptations des phénomènes. De là leur insuffisance
si vivement sentie par les philosophes, même et surtout géomètres, tels que Descartes, Comte, Cournot.

La répétition, l'opposition, l'adaptation : ce sont
là, je le répète, les trois clefs différentes dont la
science fait usage pour ouvrir les arcanes de l'univers. Elle recherche, avant tout, non pas précisément
les causes, mais les lois de la répétition, les lois de
l'opposition, les lois de l'adaptation des phénomènes.
— Ce sont trois sortes de lois qu'il importe de ne pas
confondre, mais qui sont aussi solidaires que distinctes : en biologie, **par exemple**, la tendance des

espèces à se multiplier suivant une progression géométrique (loi de répétition) est le fondement de la concurence vitale et de la sélection (loi d'opposition), et la production des variations individuelles, des aptitudes et des harmonies individuelles différentes, ainsi que la corrélation de croissance (lois d'adaptation) (1) sont nécessaires à leur fonctionnement. — Mais, de ces trois clefs, la première et la troisième sont beaucoup plus importantes que la seconde : la première est le grand passe-partout ; la troisième, plus fine, donne accès aux trésors les plus cachés et les plus précieux ; la seconde, intermédiaire et subordonnée, nous révèle des chocs et des luttes d'une utilité passagère, sorte de moyen terme destiné à s'évanouir peu à peu, quoique jamais complètement, et à ne disparaître même partiellement qu'après de nombreuses transformations et atténuations.

Ces considérations étaient nécessaires pour indi-

(1) On remarquera que Cuvier et les naturalistes de son temps, voire même son adversaire Lamarck, ont surtout cherché les lois d'adaptation, tandis que Darwin et les évolutionnistes ses disciples ont envisagé de préférence les phénomènes de la vie sous l'aspect de leurs répétitions et de leurs oppositions (loi de Malthus et loi de la concurrence vitale) quoique, certes, ils se soient aussi préoccupés de l'adaptation vitale, qui importe avant tout. .

quer ce que la sociologie doit être si elle veut mériter le nom de science, et dans quelles voies doivent la diriger les sociologues s'ils tiennent à cœur de la voir prendre décidément le rang qui lui appartient. Elle n'y parviendra, comme toute autre science, qu'en possédant et en ayant conscience de posséder son domaine propre de répétitions, son domaine propre d'oppositions, son domaine propre d'adaptations, toutes caractéristiques et bien à elle. Elle ne progressera qu'en s'efforçant de substituer toujours comme toutes les autres sciences l'ont fait avant elle, à de fausses répétitions des répétitions vraies, à de fausses oppositions des oppositions vraies, à de fausses harmonies des harmonies vraies, et aussi à des répétitions, à des oppositions, à des harmonies vraies, mais vagues, des répétitions, des oppositions, des adaptations de plus en plus précises. — Plaçons-nous successivement à chacun de ces trois points de vue pour vérifier d'abord si l'évolution des sciences en général, de la sociologie en particulier, s'est faite ou se fait dans le sens que je viens de définir imparfaitement et que je définirai de mieux en mieux ; et ensuite pour indiquer les lois du développement social sous chacun de ces aspects.

CHAPITRE PREMIER

RÉPÉTITION DES PHÉNOMÈNES

Mettons-nous en présence d'un grand objet, le ciel étoilé, la mer, une forêt, une foule, une ville. De tous les points de cet objet émanent des impressions qui assiègent les sens du sauvage aussi bien que ceux du savant. Mais, chez ce dernier, ces sensations multiples et incohérentes suggèrent des notions logiquement agencées, un faisceau de formules explicatives. Comment s'est opérée l'élaboration lente de ces sensations en notions et en lois ? Comment la connaissance de ces choses est-elle devenue de plus en plus scientifique ? Je dis que c'est, d'abord, à mesure qu'on y a découvert plus de similitudes ou qu'après avoir cru y voir des similitudes superficielles, apparentes et décevantes, on y a aperçu des similitudes plus réelles, plus profondes. En général, cela signifie qu'on a passé de similitudes et de répétitions de masse complexes et confuses, à des similitudes et à des répétitions de détail, plus difficiles à saisir, mais plus précises, élémentaires et infiniment nombreuses autant qu'infinitésimales. — Et c'est seulement après avoir aperçu ces similitudes élémentaires que les similitudes supérieures, plus amples, plus complexes, plus vagues, ont pu être expliquées et réduites à leur juste valeur. — Ce progrès s'est opéré chaque fois qu'on résolvait en combinaisons de similitudes bien des originalités distinctes qu'on avait jugées *sui generis*. Ce qui ne veut pas dire que la science, en progressant, fasse évanouir ni même diminuer, en somme, la proportion des originalités phénoménales, des aspects non répétés de la réalité. Non, sous le regard plus perçant de l'observateur, les originalités de masse, grosses et voyantes, se dissolvent, il est vrai, mais au profit d'originalités plus profondes et plus cachées, qui vont se multipliant indéfiniment, aussi bien que les uniformités élémentaires.

Appliquons cela au ciel étoilé. Il y a eu un commencement de science astronomique dès le moment où des pâtres oisifs et curieux ont remarqué la périodicité des révolutions célestes apparentes, lever et coucher des étoiles, promenades circulaires du Soleil et de la Lune, succession régulière et retour régulier de leurs emplacements dans le ciel. Mais alors à la généralité de cette unique et grandiose révolution circulaire, certains astres paraissaient faire exception : les étoiles *errantes*, les planètes, auxquelles on prêtait une marche capricieuse, différente d'elle-même et des autres à chaque instant, jusqu'à ce qu'on se fût aperçu qu'il y avait de la régularité dans ces anomalies mêmes. On jugeait d'ailleurs semblables entre elles toutes les étoiles fixes ou errantes, soleils ou planètes, y compris les étoiles filantes, et l'on n'établissait de différence tranchée qu'entre elles et le Soleil ou la Lune, qui étaient réputés les seuls astres vraiment originaux du firmament.

Or l'astronomie a progressé quand, d'une part, à l'apparence de cette énorme et unique rotation du ciel tout entier on a substitué la réalité d'une multitude innombrable de petites rotations très différentes entre elles et nullement synchroniques mais dont chacune se répète indéfiniment ; quand, d'autre part, l'originalité du soleil a disparu, remplacée par celle, plus difficile à apercevoir, de chaque étoile, soleil d'un système invisible, centre d'un monde planétaire analogue au tourbillon de nos planètes.

L'astronomie a fait un plus grand pas encore quand les différences de ces gravitations sidérales. dont la

généralité sans nulle exception n'excluait pas l'iné-
galité en vitesse, en distance, en ellipticité, etc., se
sont évanouies devant la loi de l'attraction newtonienne qui a présenté toutes ces périodicités de mouvement, depuis les plus petites jusqu'aux plus
grandes, depuis les plus rapides jusqu'aux plus
lentes, comme la répétition incessante et continue
d'un fait toujours le même, l'attraction en raison directe des masses et en raison inverse du carré de
distances. — Et ce serait bien mieux encore si, expli-
quant ce fait lui-même à son tour par une hypothèse
audacieuse, toujours chassée et toujours obsédante,
on y voyait l'effet de poussées d'atomes éthérés,
poussées dues à des vibrations atomiques d'une inimaginable exiguïté, autant que d'une inconcevable mul-
tiplicité.

N'ai-je donc pas raison de dire que la science astronomique a de tout temps travaillé sur des similitudes et des répétitions, et que son progrès a consisté
à partir de similitudes et de répétitions uniques ou
en très petit nombre, gigantesques et apparentes,
pour aboutir à une infinité d'infinitésimales similitudes et répétitions, réelles et élémentaires, qui d'ailleurs, en apparaissant ont donné l'explication des
premières ?

Et est-ce à dire — entre parenthèses — que le ciel ait rien perdu de son pittoresque au fur et à mesure des progrès de l'astronomie ? Nullement. D'abord, la précision croissante des instruments et des observations a fait distinguer dans les gravitations répétées des astres bien des différences auparavant inaperçues et sources de nouvelles découvertes, — de celle de Leverrier notamment. Puis, le firmament s'est amplifié chaque jour davantage, et, dans son immensité accrue, les inégalités des astres, des groupes d'astres, en volume, en vitesse, en particularités physiques, se sont accentuées. Les variétés de configuration des nébuleuses se sont multipliées, et quand, par le spectroscope, chose inouïe, on a pu analyser si merveilleusement la composition chimique des corps célestes, on a constaté entre eux des dissemblances qui donnent lieu d'en affirmer de profondes entre les êtres qui les peuplent. Enfin, on a mieux vu la géographie des astres les plus voisins, et, si on juge des autres d'après ceux-ci, on doit croire — après avoir étudié les canaux de Mars, par exemple — que chacune des planètes sans nombre gravitant sur nos têtes ou sous nos pieds a ses accidents caractéristiques, sa mappemonde spéciale, ses particula rités locales, qui, là comme chez nous, donnent à .

tout coin du sol son charme à part et impriment, sans nul doute, l'amour de la terre natale au cœur de ses habitants, quels qu'ils soient.

Ce n'est pas tout, à mon avis, — mais je le dis bien bas, de peur d'encourir le grave reproche de faire de la métaphysique... Je crois qu'il est impossible d'expliquer les dissemblances dont je parle, — ne serait-ce que ces inégalités d'emplacement et cette capricieuse distribution de matière à travers l'espace — dans l'hypothèse, trop chère aux chimistes, en cela vraiment métaphysiciens, eux, d'éléments atomiques parfaitement semblables. Je crois que la prétendue loi de Spencer sur *l'instabilité de l'homogène* n'explique rien, et que, par suite, la seule manière d'expliquer la floraison des diversités exubérantes à la surface des phénomènes est d'admettre au fond des choses une foule tumultueuse d'éléments individuellement caractérisés. Ainsi, de même que les similitudes de masse se sont résolues en similitudes de détail, les différences de masse, grossières et bien visibles, se sont transformées en différences de détail infiniment fines. Et, de même que les similitudes de détail permettent seules d'expliquer les similitudes d'ensemble, pareillement les différences de détail, ces originalités élémentaires et invisibles que je soupçonne, permettent seules d'expliquer les différences apparentes et volumineuses, le pittoresque de l'univers visible

Voilà pour le monde physique. Pour le monde vivant, il n'en va pas autrement. Plaçons-nous, comme l'homme primitif, au milieu d'une forêt. Il y a là toute la faune et toute la flore d'une région, et nous savons maintenant que les phénomènes si dissemblables présentés par ces plantes et ces animaux divers se résolvent, au fond, en une multitude de petits faits infinitésimaux résumés par les lois de la biologie, de la biologie animale ou végétale peu importe ; on confond les deux à présent. Mais, au début, on différenciait profondément ce que nous assimilons, tandis qu'on assimilait bien des choses que nous différencions. Les similitudes et les répétitions qu'on apercevait, et dont se nourrissait la science naissante des organismes, étaient superficielles et décevantes : on assimilait des plantes sans parenté entre elles, dont le feuillage et le port se ressemblaient vaguement, pendant qu'on tranchait un abîme entre les plantes de la même famille, mais de silhouette et de taille très inégales. La science botanique a progressé quand elle a appris la subordination des caractères dont les plus importants, c'est-

à-dire les plus répétés et les plus significatifs —
comme accompagnés d'un cortège d'autres similitudes — n'étaient pas les plus voyants, mais, au
contraire, les plus cachés, les plus menus, à savoir
ceux qui sont tirés des organes de la génération, le fait d'avoir un ou deux cotylédons, par
exemple, ou de n'en avoir pas.

Et la *biologie*, synthèse de la zoologie et de la
botanique, est née le jour où la théorie cellulaire a
montré que, chez les animaux comme chez les
plantes, l'élément, indéfiniment répété, était la cellule, la cellule ovulaire d'abord, puis toutes les
autres qui en procèdent, — et que le phénomène
vital élémentaire est la répétition indéfinie par chaque
cellule des modes de nutrition et d'activité, de croissance et de prolifération, dont elle a reçu le dépôt
traditionnel en héritage et qu'elle transmettra fidèle-
ment à sa postérité. Cette conformité aux précédents
qu'on appelle l'habitude ou l'hérédité — disons l'hérédité en un seul mot, l'habitude n'étant qu'une hérédité
interne comme l'hérédité n'est qu'une habitude exté-
riorisée — est la forme proprement vitale de la répétition, comme l'ondulation ou, en général, le mouvement périodique, en est la forme physique, comme
l'imitation, nous le verrons, en est la forme sociale.

Nous voyons donc que le progrès de la science des êtres vivants a eu pour effet de faire tomber entre eux, graduellement, toutes les barrières au point de vue de leurs similitudes et de leurs répétitions, en substituant, là aussi, à des ressemblances grossières et apparentes, volumineuses et peu nombreuses, des ressemblances très précises, innombrables et infinitésimales, qui seules donnent la raison des autres. — Mais, en même temps, des distinctions multiples apparaissaient, et, non seulement l'originalité individuelle de chaque organisme devenait plus saillante, mais on était forcé d'admettre aussi des originalités cellulaires, ovulaires d'abord : car est-il rien de plus semblable en apparence que deux ovules, et est-il rien en réalité de plus différent que leur contenu ? Après avoir expérimenté l'insuffisance des explications tentées par Darwin ou Lamark de l origine des espèces, — dont la parenté d'ailleurs, la descendance, l'évolution, demeure au-dessus de toute contestation — il faut convenir que la cause vraie de l'espèce est le secret des cellules, l'invention en quelque sorte de quelque ovule initial d'une originalité particulièrement féconde

Eh bien, je prétends que, si maintenant nous envisageons une ville, une foule, une armée, au lieu
d'une forêt ou du firmament, les considérations précédentes trouveront leur application en science sociale, comme elles l'ont trouvée en astronomie et en
biologie. Ici pareillement on a passé de généralisations
hâtives fondées sur des analogies vaines et factices,
grandioses et illusoires, à des généralisations appuyées
sur des amas de petits faits semblables, d'une similitude relativement nette et précise.

Il y a longtemps que la sociologie travaille à se
faire. Elle a essayé ses premiers balbutiements dès
que, dans le chaos confus des faits sociaux, on a dé-
mêlé ou cru démêler quelque chose de périodique et
de régulier. C'était déjà un premier tâtonnement sociologique que la conception antique de la grande
année cyclique à l'expiration de laquelle tout, dans
le monde social comme dans le monde naturel, se
reproduisait dans le même ordre. A cette fausse et
unique répétition d'ensemble, accueillie par le chimérique talent de Platon, Aristote fit succéder les
répétitions de détail, souvent vraies, mais toujours
bien vagues et difficiles à serrer de près, qu'il formule dans sa *Politique*, à propos de ce qu'il y a de
plus superficiel ou de moins profond dans la vie so-

ciale, la succession des formes gouvernementales. Arrêtée alors, l'évolution de la sociologie a recommencé *ab ovo* dans les temps modernes. Les *ricorsi* de Vico sont la reprise et la découpure des cycles antiques, avec moins de chimère; cette thèse, ainsi que celle de Montesquieu sur la prétendue ressemblance des civilisations écloses sous le même climat, sont deux bons exemples des répétitions et des similitudes superficielles ou illusoires dont la science sociale devait se nourrir avant d'avoir trouvé un aliment plus substantiel. Chateaubriand, dans son *Essai sur les révolutions*, développait un long parallèle entre la révolution d'Angleterre et la révolution française, et s'amusait aux rapprochements les plus superficiels. D'autres fondaient de grandes prétentions théoriques sur de vaines analogies établies entre le génie punique et le génie anglais, ou bien entre l'empire romain et l'empire anglais... Cette prétention d'enfermer les faits sociaux dans des formules de développement, qui les contraindraient à se répéter en masse avec d'insignifiantes variations, a été jusqu'ici le leurre de la sociologie, soit sous la forme déjà plus précise que lui a donnée Hegel avec ses séries de triades, soit sous la forme plus savante encore, plus précise encore et moins éloignée de la

vérité, qu'elle a reçue des évolutionnistes contemporain . Ceux-ci, à propos des transformations du
droit, notamment du régime de la famille et du régime de la propriété, — à propos des transformations
du langage, de la religion, de l'industrie, des beaux-
arts, — ont hasardé des lois générales, d'une certaine
netteté, qui assujettiraient la marche des sociétés,
sous ces divers aspects, à passer et à repasser par les
mêmes sentiers de phases successives, arbitrairement
tracés. Il a fallu reconnaître que ces prétendues règles
sont rongées d'exceptions, et que l'évolution linguistique, juridique, religieuse, politique, économique,
artistique, morale, est non pas une route unique,
mais un réseau de voies où les carrefours abondent.

Heureusement, à l'ombre et à l'abri de ces ambitieuses généralisations, des travailleurs plus modestes
s'efforçaient, avec plus de succès, de noter des lois de
détail tout autrement solides. C'étaient les linguistes,
les mythologues, les économistes surtout. Ces spé-
cialistes de la sociologie ont aperçu nombre de rapports intéressants entre faits consécutifs ou con-
comitants, rapports qui se reproduisent à chaque
instant dans les limites du petit domaine qu'ils étu-
dient : on trouve dans la *Richesse des nations* d'A-
dam Smith et dans la *Grammaire comparée des*

langues indo-européennes de Bopp, ou dans l'ouvrage
de Dietz, pour ne citer que ces trois ouvrages, une
foule d'aperçus de ce genre, où s'exprime la similitude d'innombrables actions humaines en fait de
prononciation de certaines consonnes ou de certaines
voyelles, d'achats ou de ventes, de productions ou de
consommations de certains articles, etc. Il est vrai
que ces similitudes elles-mêmes, quand les linguistes
ou les économistes ont essayé de les formuler en
lois, ont donné lieu à des lois imparfaites, relatives
au *plerumque fit ;* mais c'est parce qu'on s'était trop
pressé de les énoncer, avant d'avoir dégagé, du sein
de ces vérités partielles, la vérité vraiment générale
qu'elles impliquent, le fait social élémentaire que la
sociologie poursuit obscurément et qu'elle doit
atteindre pour éclore.

Or cette explication générale à la fois des lois ou
pseudo-lois économiques, linguistiques, mytholo-
giques ou autres, on a souvent eu le pressentiment
qu'il convenait de la demander à la psychologie. Nul
ne l'a compris avec plus de force et de clarté que
Stuart Mill. A la fin de sa *Logique*, il conçoit la
sociologie comme la psychologie appliquée. Le malheur est qu'il a mal précisé sa pensée et que la psychologie à laquelle il s'est adressé pour avoir la clef

2.

des phénomènes sociaux était la psychologie simplement individuelle, celle qui étudie les relations
internes des impressions ou des images, dans le sein
d'un même cerveau et qui croit rendre compte de
tout, dans ce domaine, par les *lois de l'association*
de ces éléments internes. Ainsi conçue, la sociologie
devenait une sorte d'associationisme anglais agrandi
et extériorisé, et perdait son originalité. Ce n'est
point à cette psychologie *intra*-cérébrale précisément
ou uniquement, c'est, avant tout, à la psychologie
inter-cérébrale, à celle qui étudie la mise en rapports
conscients de plusieurs individus, et d'abord de deux
individus, qu'il convient de demander le fait social
élémentaire, dont les groupements ou les combinaisons multiples constituent les phénomènes soi-
disant simples, objets des sciences sociales particu-
lières. Le contact d'un esprit avec un autre esprit
est, en effet, dans la vie de chacun d'eux, un événe-
nement tout à fait à part, qui se détache vivement
de l'ensemble de leurs contacts avec le reste de l'u-
nivers et donne lieu à des états d'âme des plus im-
prévus, des plus inexpliqués par la psychologie physiologique (1).

(1) Les expériences faites sur la suggestion hypnotique et
sur la suggestion à l'état de veille ont préparé d'abondants

Ce rapport d'un sujet avec un objet qui lui-même est un sujet est non pas une perception qui ne ressemble en rien à la chose perçue et qui autorise par là le sceptique idéaliste à révoquer en doute la réalité de celle-ci, mais bien la sensation d'une chose sentante, la volition d'une chose voulante, la croyance

matériaux pour la construction future de la Psychologie inter-cérébrale. Je me permets de renvoyer le lecteur aux essais d'application que j'ai faits de cette psychologie encore embryonnaire dans tous mes ouvrages et, plus spécialement, dans le chapitre de mes *Lois de l'Imitation* (1890) intitulé *Qu'est-ce qu'une société ?* qui avait déjà paru en novembre 1884 dans la *Revue philosophique*, — dans quelques pages de ma *Philosophie pénale* (1890) sur la formation des foules criminelles (chapitre sur le crime, p. 324 et s., 1re édition) dans mon rapport intitulé les *Crimes des foules*, discuté au Congrès d'Anthropologie criminelle de Bruxelles en août 1892, et dans un article publié par la *Revue des Deux Mondes* en décembre 1893, sous le titre de *Foules et Sectes*. Ces deux dernières études ont été réimprimées sans modification dans mes *Essais et mélanges sociologiques*, en 1895 (Storck et Masson, éditeurs, Paris Lyon). — Je ferai observer en passant que le passage de la *Philosophie pénale* cité plus haut, sinon le chapitre cité aussi des *Lois de l'Imitation*, dont il n'est qu'un corollaire, renferme en substance et très explicitement l'explication des phénomènes des foules qui a été développée plus tard dans les deux autres études, et qu'il a paru antérieurement aux travaux intéressants édités à l'étranger ou en France sur la psychologie des foules. Ceci n'est point pour diminuer leur mérite, mais pour répondre à certaines insinuations, dont j'ai du reste fait justice ailleurs.

en une chose croyante, en une personne, en un mot,
où la personne percevante se reflète et qu'elle ne
saurait nier sans se nier elle-même. Cette conscience
d'une conscience est l'*inconcussum quid* que cher-
chait Descartes et que le moi indiviuel ne lui a pu
fournir. En outre, cette relation singulière est non
pas une impulsion physique reçue ou donnée, un
transport de force motrice du sujet à l'objet inanimé
ou vice versa, suivant qu'il s'agit d'un état actif ou
passif, mais une transmission de quelque chose
d'intérieur, de mental, qui passe de l'un des deux
sujets à l'autre sans être, chose étrange, perdu ni
amoindri en rien pour le premier. Et qu'est-ce qui
peut donc être transmis ainsi d'une âme à une âme
par leur mise en rapport psychologique ? Est-ce leurs
sensations, leurs états affectifs ? Non, cela est incom-
municable, essentiellement. Tout ce que deux sujets
peuvent se communiquer en ayant conscience de se
le communiquer, de manière à se sentir par là plus
unis et plus semblables, ce sont leurs notions et
leurs volitions, leurs jugements et leurs desseins,
formes qui peuvent rester les mêmes malgré la différence de leur contenu, produits de l'élaboration spi-
rituelle qui s'exerce sur n'importe quels signes sen-
sitifs presque indifféremment Aussi ne diffère-t-elle

pas sensiblement en passant d'un esprit du type visuel à un esprit du type acoustique ou moteur, si bien que les idées géométriques d'un aveugle-né sont exactement celles des géomètres doués de la vue et qu'un plan de campagne suggéré par un général d'humeur bilieuse et mélancolique à des généraux de tempérament vif et sanguin ou flegmatique et résigné, ne laisse pas d'être tout à fait le même : il suffit pour cela qu'il ait trait à la même série d'opérations, et d'autre part, qu'il soit voulu par eux avec une force égale de désir, en dépit de la manière de sentir toute spéciale, tout individuelle, qui pousse chacun d'eux à désirer. L'énergie de tendance psychique, d'avidité mentale, que j'appelle le désir, est, comme l'énergie de saisissement intellectuel, d'adhésion et de constriction mentale, que j'appelle la croyance, un courant homogène et continu qui, sous la variable coloration des teintes de l'affectivité propre à chaque esprit, circule identique, tantôt divisé, éparpillé, tantôt concentré, et qui, d'une personne à une autre, aussi bien que d'une perception à une autre dans chacune d'elles, se communique sans altération.

Quand j'ai dit que toute science vraie aboutit à un domaine propre de répétitions élémentaires, innombrables et infinitésimales, c'est comme si j'avais dit

que toute science vraie repose sur des qualités qui
lui sont spéciales. Quantité, en effet, c'est possibilité
de séries infinies de similitudes et de répétitions infiniment petites. Voilà pourquoi je me suis permis
d'insister ailleurs sur le caractère quantitatif des
deux énergies mentales qui, comme deux fleuves
divergents, arrosent le double versant du moi, son activité intellectuelle et son activité volontaire. Si on
nie ce caractère, on déclare impossible la sociologie.
Mais on ne peut le nier sans se refuser à l'évidence,
et la preuve que les quantités dont il s'agit sont bien
proprement sociales, c'est que leur nature quantita-
tive apparaît d'autant mieux, saisit l'esprit avec une
netteté d'autant plus vive, qu'on les envisage en
masses plus volumineuses, sous la forme de courants
de foi ou de passion populaire, de convictions tradi-
tionnelles ou d'opiniâtretés coutumières, embrassant
des groupes d'hommes plus nombreux. Plus une collectivité s'accroît et plus la hausse ou la baisse de
l'opinion, c'est-à-dire du croire ou du vouloir natio-
nal, affimatif ou négatif, relativement à un objet
donné — hausse ou baisse exprimée notamment par
les cotes de la Bourse — y devient susceptible de
mesure et comparable aux mouvements de la tempé-
rature ou de la pression atmosphérique ou à la force

vive d'une chute d'eau. C'est parce qu'il en est ainsi
que la statistique se développe de plus en plus facilement quand les États s'agrandissent ; la statistique,
dont l'objet propre est de rechercher et de démêler
des quantités vraies dans le fouillis des faits sociaux
et qui y réussit d'autant mieux qu'elle s'attache à
mesurer, au fond, à travers les actes humains addi-
tionnés par elle, des masses de croyances et de désirs.
La statistique des valeurs de bourse exprime les variations de la confiance publique dans le succès de
telles ou telles entreprises, dans la solvabilité de tels
ou tels États emprunteurs, et les variations du désir
public, de l'intérêt public, auquel il est donné satisfaction par ces emprunts ou ces entreprises. La statistique industrielle ou agricole exprime l'importance
des besoins généraux qui réclament la production de
tels ou tels articles ou la convenance présumée des
moyens mis en œuvre pour y répondre. La statistique judiciaire elle-même n'est intéressante à consul-
ter dans ses dénombrements de procès ou de délits
que parce qu'on y lit à travers les lignes la progression ou la régression, année par année, de la proportion des désirs publics engagés dans les voies proces-
sives ou délictueuses, par exemple de la tendance à
divorcer ou de la tendance à voler, et aussi bien de la

proportion des espérances publiques tournées du
côté de certains procès ou de certains délits. Il n'est
pas jusqu'à la statistique de la population qui, en
tant que sociologique — car elle est simplement bio-
logique à d'autres égards et a trait à la propagation
de l'espèce en même temps qu'à la durée et aux progrès des institutions sociales — exprime la croissance ou la décroissance du désir de paternité et de
maternité, du désir du mariage, ainsi que de la persuasion générale qu'on trouve le bonheur à se marier
et à former des unions fécondes.

Mais à quelle condition les forces de croyance et
de désir emmagasinées dans des individus distincts
peuvent-elles légitimement être additionnées ? A la
condition d'avoir le même objet, de porter sur une
même idée à affirmer, sur une même action à exécuter. Mais comment cette convergence de direction,
qui rend les énergies individuelles susceptibles de former un tout social, s'est-elle produite ? Est-ce spontanément, par une rencontre fortuite ou une sorte
d'harmonie préétablie ? Non, si ce n'est dans des cas
bien rares, et encore ces exceptions apparentes, si on
avait le temps de les presser, se trouveraient-elles
confirmer la règle. Cette conformité minutieuse des
esprits et des volontés qui constitue le fondement de

la vie sociale, même aux temps les plus troublés,
cette présence simultanée de tant d'idées précises, de
tant de buts et de moyens précis, dans tous les esprits et dans toutes les volontés d'une même société
à un moment donné, je prétends qu'elle est l'effet,
non pas de l'hérédité organique qui a fait naître les
hommes assez semblables entre eux, ni de l'identité
du milieu géographique qui a offert à des aptitudes à
peu près pareilles des ressources à peu près égales,
mais bien de la suggestion-imitation qui, à partir d'un
premier créateur d'une idée ou d'un acte, en a propagé l'exemple de proche en proche. Les besoins organiques, les tendances spirituelles, n'existent en nous
qu'à l'état de virtualités réalisables sous les formes
les plus diverses malgré leur vague similitude pri-
mordiale ; et, parmi ces réalisations possibles, c'est
l'indication d'un premier initiateur imité qui déter-
mine le choix de l'une d'elles.

Revenons donc au couple social élémentaire, dont
je parlais tout à l'heure, le couple non pas de l'homme
et de la femme qui s'aiment — ce couple-là, en tant
que sexuel, est purement vital, — mais bien le
couple de deux personnes, à quelque sexe qu'elles
appartiennent, dont l'une agit spirituellement sur
l'autre. Je prétends que le rapport de ces deux per-

sonnes est l'élément unique et nécessaire de la vie
sociale, et qu'il consiste toujours, originairement en
une imitation de l'une par l'autre. Mais il s'agit de
bien comprendre ceci pour ne pas tomber sous le
coup de vaines et superficielles objections. Ce qu'on
ne saurait me contester, c'est qu'en disant, en faisant, en pensant n'importe quoi, une fois engagés
dans la vie sociale, nous imitons autrui à chaque
instant, à moins que nous n'innovions, ce qui est rare ;
encore est-il facile de montrer que nos innovations
sont en majeure partie des combinaisons d'exemples
antérieurs, et qu'elles restent étrangères à la vie sociale tant qu'elles ne sont pas imitées. Vous ne dites
pas un mot qui ne soit pas la reproduction inconsciente maintenant, mais d'abord consciente et voulue,
d'articulations verbales remontant au plus haut passé
avec un accent propre à votre entourage ; vous n'ac-
complissez pas un rite de votre religion, signe de
croix, baisement d'icône, prière, qui ne reproduise
des gestes et des formules traditionnels, c'est-à-dire
formés par l'imitation des ancêtres ; vous n'exécutez
pas un commandement militaire ou civil quelconque,
vous ne faites pas un acte quelconque de votre métier qui ne vous ait été enseigné et que vous n'ayez copié
sur un modèle vivant ; vous ne donnez pas un coup

de pinceau, si vous êtes peintre, vous n'écrivez pas un vers, si vous êtes poète, qui ne soit conforme aux habitudes ou à la prosodie de votre école, et votre originalité même est faite de banalités accumulées et aspire à devenir banale à son tour.

Ainsi, le caractère constant d'un fait social, quel qu'il soit, est bien d'être imitatif. Et ce caractère est exclusivement propre aux faits sociaux. Sur ce point cependant, il m'a été fait par M. Giddings — qui d'ailleurs, avec un talent remarquable, s'est placé assez fréquemment à mon point de vue sociologique — une objection spécieuse ; on s'imite, dit-il, d'une société à une autre, on s'imite même entre ennemis, on s'emprunte des armements, des ruses de guerre, des secrets de métier. Le champ de l'imitativité donc dépasse celui de la *socialité* et ne saurait être la caractéristique de celui-ci (1). Mais l'objection a lieu

(1) On pourrait dire, en donnant au mot *imitation* l'acception très large que lui prête, dans un livre récent et déjà célèbre sur le *Développement mental chez l'enfant*, M. Baldwin, professeur de psychologie à l'Université de Princeton (États-Unis), que l'imitation est le fait fondamental, non seulement de la vie sociale et de la vie psychologique, mais de la vie organique même, où elle serait la condition de l'habitude et de l'hérédité. Mais, à vrai dire, la thèse de ce fin psychologue, loin de contredire la mienne, en est une illustration et une confirmation des plus frappantes. L'imi-

de m'étonner de la part d'un auteur qui regarde la
lutte entre sociétés comme un puissant agent de leur
socialisation ultérieure, de leur communion en une
société plus ample élaborée par leurs batailles mêmes.
Et, de fait, n'est-il pas visible que, dans la mesure où
les peuples rivaux, où les peuples ennemis s'assimilent
leurs institutions, ils tendent à se fusionner? Il est
donc bien certain que, non seulement entre individus

tation d homme à homme, telle que je l'entends, est la suite
de l'imitation d état à état dans le même homme, imitation
interne que j'avais déjà moi-même appelée habitude, et
qui, évidemment, s'en distingue par des caractères assez
nets pour qu'il me soit permis de ne pas les confondre. —
M. Baldwin, qui est un physio-psychologue avant tout, explique très bien la genèse organique et mentale de l imitation, et son rôle finit précisément au moment où commence
celui du psycho-sociologue. Il est dommage que son livre
n'ait pas précédé le mien sur les *Lois de l'Imitation*, qui eût
gagné à profiter de ses analyses. D'ailleurs, celles-ci ne m'ont
obligé à rien rectifier des lois et des considérations énon
cées dans mon ouvrage.

En tout cas, son livre est la meilleure réponse que je
puisse faire à ceux qui m'ont reproché d'avoir trop étendu
le sens du mot *Imitation*. M. Baldwin prouve qu'il n'en est
rien en l'étendant immensément plus. — J'apprends, en cor-
rigeant mes épreuves, que M. Baldwin vient d'appliquer ses
idées à la sociologie et que, par un chemin indépendant,
spontanément, il a été conduit à une manière de voir très
analogue à celle qui est développée dans mes *Lois d'Imitation*

associés déjà, chaque acte nouveau d'imitation tend à conserver ou à fortifier le lien social, mais encore qu'entre individus non encore associés, elle prépare l'association de demain, c'est-à-dire tisse déjà par des fils invisibles ce qui deviendra un lien manifeste.

Quant à d'autres objections qui m'ont été faites, comme elles proviennent toutes d'une très incomplète intelligence de mes idées, je ne m'y arrête pas. Elles tombent d'elles-mêmes aux yeux de qui s'est placé nettement à mon point de vue. Je renvoie à mes ouvrages à cet égard.

Mais il ne suffit point de reconnaître ce caractère imitatif de tout phénomène social. Je dis, en outre, qu'à l'origine, ce rapport d'imitation a existé non pas entre un individu et une masse confuse d'hommes comme assez souvent plus tard, mais entre deux individus seulement dont l'un, enfant, naît à la vie sociale, et dont l'autre, adulte, déjà socialisé depuis longtemps, lui sert de modèle individuel. C'est en avançant dans la vie que nous nous réglons souvent sur des modèles collectifs et impersonnels en même temps qu'inconscients d'ordinaire ; mais, avant de parler, de penser, d'agir comme *on* parle, comme *on* pense, comme *on* agit dans notre monde, nous avons

commencé par parler, penser, agir, comme *il* ou *elle*
parle, pense, agit. Et ce *il* ou cette *elle*, c'est tel ou
tel de nos familiers. Au fond de *on*, en cherchant bien,
nous ne trouverons jamais qu'un certain nombre de
ils et de *elles* qui se sont brouillés et confondus en
se multipliant. — Si simple que soit cette distinction,
elle est oubliée par ceux qui, dans une institution et
une œuvre sociale quelconque, contestent à l'initiative individuelle le rôle créateur, et croient dire quelque chose en professant, par exemple, que les langues
et les religions sont des œuvres collectives, que les
foules, les foules sans nul meneur, ont fait le grec,
le sanscrit, l'hébreu, le boudhisme, le christianisme,
et qu'enfin c'est par l'action coercitive de la collectivité sur l'individu petit ou grand, toujours modelé et
asservi, nullement par l'action suggestive et conta-
gieuse des individus d'élite sur la collectivité, que
s'expliquent les formations et les transformations des
sociétés. En réalité, de telles explications sont illusoires, et leurs auteurs ne s'aperçoivent pas qu'en
postulant de la sorte une force collective, une similitude de millions d'hommes à la fois sous certains
rapports, ils éludent la difficulté majeure, la question
de savoir comment a pu avoir lieu cette assimilation
générale. On y répond précisément en poussant l'ana-

lyse jusqu'où je l'ai conduite, jusqu'à la relation
inter-cérébrale de deux esprits, au reflet de l'un par
l'autre, et c'est seulement alors que l'on pourra s'expliquer ces unanimités partielles, ces conspirations
des cœurs, ces communions des esprits qui, une fois
formées et perpétuées par la tradition, imitation des
ancêtres, exercent une pression si souvent tyrannique,
encore plus souvent salutaire, sur l'individu (1). C'est
donc à cette relation que le sociologue doit s'attacher,
comme l'astronome s'attache au rapport de deux
masses attirantes et attirées ; c'est à elle qu'il doit
demander la clé du mystère social, la formule de
quelques lois simples, universellement vraies, qui
peuvent être démêlées au milieu du chaos apparent
de l'histoire et de la vie humaines.

Ce que je tiens à faire remarquer pour le moment,
c'est que la sociologie ainsi comprise diffère des anciennes conceptions régnantes sous ce nom comme
l'astronomie des modernes diffère de celle des Grecs,
ou comme la biologie, depuis la théorie cellulaire,

(1) Ne pas oublier cette remarque si simple, que c'est toujours dès le bas âge qu'on entre dans la vie sociale. Or l'enfant, qui se tourne vers autrui comme la fleur vers le soleil,
subit bien plus l'attirance que la contrainte de son milieu
familial. Et toute sa vie, il boira ainsi les exemples, avide-
ment.

diffère de l'histoire naturelle d'autrefois (1). Autrement dit, elle repose sur un fondement de similitudes
et de répétitions élémentaires et vraies, infiniment
nombreuses et extrêmement précises, qui se sont subs-
tituées, comme matière première de l'élaboration
scientifique, à de fausses ou vagues et décevantes
analogies en très petit nombre. — Et j'ajoute de même
que, si le côté similaire des sociétés a progressé en
étendue et en profondeur par cette substitution, leur
côté différentiel n'a pas moins gagné au change. Il
faut renoncer sans doute, dorénavant, à ces différences factices que la « philosophie de l'histoire »
établissait entre les peuples successifs, sortes de
grands personnages d'un même drame immense où
chacun avait son rôle providentiel à jouer. Il n'est

(1) Cette conception, en somme, est presque l'inverse de
celle des *évolutionnistes unilinéaires* et aussi de M. Durkheim :
au lieu d'expliquer tout par la prétendue imposition d'une
loi d'évolution qui contraindrait les phénomènes d'ensemble
à se reproduire, à se répéter identiquement dans un certain
ordre, au lieu d'expliquer ainsi le *petit* par le *grand*, le *détail*
par le *gros*, j'explique les similitudes d'ensemble par l'en-
tassement de petites actions élémentaires, le grand par le
petit, le gros par le détail. Cette manière de voir est destinée à produire en sociologie la même transformation qu'a
produite en mathématiques l'introduction de l'analyse infinitésimale.

plus permis, par suite, d'entendre cette expression
dont on a tant abusé, le *génie d'un peuple ou d'une
race*, et aussi bien le *génie d'une langue, le génie
d'une religion*, comme l'entendaient certains de nos
devanciers, Renan et Taine encore. A ces génies
collectifs, entités ou idoles métaphysiques, on prêtait
une originalité imaginaire, d'ailleurs assez mal définie ; on leur attribuait certaines prédispositions, soi-
disant invincibles, à des types grammaticaux, à des
conceptions religieuses, à des formes gouvernementales déterminées ; on leur supposait, par contre,
certaines incompatibilités absolues à l'égard des
conceptions ou des institutions empruntées à tels ou
tels de leurs rivaux. Le génie sémitique, par exemple,
était réputé absolument réfractaire au polythéisme,
au système analytique des langues modernes, au
gouvernement parlementaire ; le génie grec, au mo-
nothéisme, le génie chinois et le génie japonais à
toutes nos institutions et à toutes nos conceptions
européennes, en général... Si les faits protestaient
contre cette théorie ontologique, on les torturait
pour les contraindre à la confesser ; il était inutile de
faire remarquer à ces théoriciens la profondeur des
transformations subies par la propagation d'une religion prosélytique, d'une langue, d'une institution

3.

telle que le jury, par exemple, bien au delà des frontières de son peuple et de sa race d'origine, en dépit
des obstacles que les génies des autres nations et des
autres races auraient dû lui opposer invinciblement.
On répondait en remaniant l'idée, en distinguant au
moins entre les races nobles et inventives, seules in-
vesties du privilège de découvrir et de propager des
découvertes, et les races nées pour la servitude sans
nulle intelligence des langues, des religions, des idées
qu'elles empruntent ou paraissent emprunter aux
premières. D'ailleurs, on niait la possibilité, pour
ce prosélytisme conquérant d'une civilisation sur
d'autres civilisations, d'un génie populaire sur d'autres génies populaires, de franchir certaines limites,
et notamment d'européaniser la Chine et le Japon.
Pour ce dernier, la preuve du contraire est faite,
elle va se faire bientôt pour l'Empire du Milieu.

A la longue il faudra bien ouvrir les yeux à l'évidence, et reconnaître que le *génie* d'un peuple ou
d'une race, au lieu d'être le facteur dominant et supérieur des génies individuels qui sont censés être ses
rejetons et ses manifestations passagères, est tout
simplement l'étiquette commode, la synthèse anonyme de ces originalités personnelles, seules véritables, seules efficaces et agissantes à chaque instant,

innombrablement, qui sont en fermentation continue
au sein de chaque société grâce à des emprunts incessants et à un échange fécond d'exemples avec les
sociétés voisines. Le génie collectif, impersonnel, est
donc *fonction* et non facteur des génies individuels,
infiniment nombreux ; il en est la photographie com-
posite, il ne doit pas en être le masque. Et nous
n'aurons certes rien à regretter, en fait de pittoresque
social, propre à retenir l'historien artiste, quand, à travers cette fantasmagorie, plutôt éclairée que dissipée,
de quelques grands acteurs historiques vaguement
caractérisés, appelés Égypte, Rome, Athènes, etc.,
nous apercevrons un fourmillement d'individualités
novatrices, chacune *sui generis*, marquée à son
propre sceau distinct, reconnaissable entre mille.

Je puis donc conclure encore une fois que, par
l'introduction de ce point de vue sociologique, nous
aurons fait précisément ce que font toutes les autres
sciences en avançant, remplacé des similitudes et des
différences fausses ou vagues, en petit nombre, par
d'innombrables similitudes et différences vraies et
précises ; ce qui est double profit pour l'artiste et le
savant, et avant tout pour le philosophe qui doit,
à moins de n'être rien de distinct, synthétiser les
deux.

Quelques remarques encore. Aussi longtemps qu'on n'a pas eu découvert de fait astronomique élémentaire, l'attraction suivant la loi newtonienne, ou du moins la gravitation elliptique, il y a eu *des* connaissances astronomiques hétérogènes, une science de la Lune, *sélénologie*, une science du Soleil, *héliologie*, etc., mais non l'astronomie. — Aussi longtemps qu'on n'a pas aperçu de fait chimique élémentaire (affinité, combinaison en proportions définies), il y a eu *des* connaissances chimiques, *des* chimies spéciales, du fer, de l'étain, du cuivre, etc., mais non *la* chimie. — Aussi longtemps qu'on n'a pas eu découvert le fait physique essentiel, la communication ondulatoire du mouvement moléculaire, il y a eu *des* connaissances physiques, l'optique, l'acoustique, la thermologie, l'électrologie, mais non *la* physique. — La physique est devenue la physico-chimie, la science de la nature inorganique tout entière, quand on a entrevu la possibilité de tout y expliquer par les lois fondamentales de la mécanique, c'est-à-dire quand on a cru découvrir, comme fait inorganique élémentaire, la réaction égale et contraire à l'action, la conservation de l'énergie, la réduction de toutes les forces en formes du mouvement, *l'équivalent mécanique* de la chaleur, de l'électricité, de la lumière, etc.

Enfin, avant la découverte des analogies existant, au point de vue de la reproduction, entre les animaux et les plantes, il y avait non pas même une botanique et une zoologie, mais *des* botaniques et *des* zoologies, c'est-à-dire une hippologie si l'on veut, une cynologie, etc. Mais la découverte des similitudes dont il s'agit ne donnait qu'une bien partielle unité à toutes ces sciences éparses, à ces *membra disjecta* de la biologie future. La biologie n'a réellement pris naissance que lorsque la théorie cellulaire est venue montrer le fait vital élémentaire, le fonctionnement de la cellule (ou de l'élément histologique) et sa prolifération, continuée par l'ovule, cellule lui-même, en sorte que la nutrition et la génération étaient vues par là sous un même angle.

Eh bien, il s'agit maintenant et pareillement de faire, après *les* sciences sociales, *la* science sociale. Il y a eu, en effet, des sciences sociales, au moins en ébauche, des commencements de science politique, de linguistique, de mythologie comparée, d'esthétique, de morale, une économie politique déjà assez avancée, longtemps avant qu'il y ait eu l'embryon même de la sociologie. *La* sociologie suppose un fait social élémentaire. Elle le suppose si bien que, lorsqu'elle n'était pas encore parvenue à le découvrir, —

peut-être parce qu'il lui crevait les yeux, qu'on me
pardonne cette expression, — elle le rêvait, elle l'imaginait sous la forme de l'une de ces vaines et imaginaires similitudes qui encombrent le berceau de toutes
les sciences, et croyait dire quelque chose de profondément instructif en concevant une société comme un
grand organisme, l'individu (ou la famille suivant
d'autres) comme la cellule sociale, et toute forme de
l'activité sociale comme une fonction en quelque sorte
cellulaire. J'ai déjà fait les plus grands efforts, avec
la plupart des sociologues, pour déblayer la science
naissante de cette encombrante conception. Mais encore un mot à ce sujet.

La connaissance scientifique sent si bien le besoin
de s'appuyer avant tout sur des similitudes et des répétitions, que, lorsqu'elle n'en a pas sous la main, elle
en crée, je le répète, d'imaginaires en attendant les
vraies ; et, à ce point de vue, il faut classer la fameuse
métaphore de l'organisme social parmi beaucoup
d'autres conceptions symboliques qui ont eu la même
utilité passagère. Aux origines de toute science,
aussi bien que de toute littérature, l'allégorie a joué
un rôle immense. En mathématiques, nous avons
les rêveries allégoriques de Pythagore et de Platon
avant les solides généralisations d'Archimède. L'as-

trologie et la magie, vestibule de l'astronomie, balbutiement de la chimie, sont fondées sur le postulat de *l'universelle allégorie* plutôt que sur celui de l'universelle analogie ; elles admettent une harmonie préétablie, entre les positions de certaines planètes et les destinées de certains hommes, entre telle action simulée et telle action réelle, entre la nature d'une substance chimique et celle du corps céleste dont elle porte le nom, etc. N'oublions pas le caractère symbolique des primitives procédures, des *actions de la loi* en droit romain, anciens tâtonnements de la jurisprudence. Notons aussi, — puisque la théologie a été une science de nos aïeux, aussi bien que la jurisprudence, — l'abus des sens figurés prêtés aux récits bibliques par les plus anciens théologiens, qui voyaient dans l'histoire de Jacob la copie anticipée de celle du Christ ou qui symbolisaient les amours du Christ et de son église par ceux de l'époux ou de l'épouse dans le *Cantique des Cantiques*. Ainsi commence la science théologique du moyen âge, comme la littérature moderne par le *Roman de la Rose*. Il y a loin de ces idées à la *Somme* de saint Thomas d'Aquin. — Jusqu'en notre siècle, nous trouvons un dernier vestige de ce mysticisme symbolique dans les ouvrages, maintenant bien oubliés — et cepen-

dant dignes d'être exhumés par leurs grâces fénelo-
niennes de style — de ce bon Père Gratry qui
croyait voir symbolisées par le système solaire les
relations successives de l'âme et de Dieu, autour du-
quel, suivant lui, elle tourne. Pour lui encore, le
cercle et l'ellipse symbolisent toute la morale, qui est
inscrite hiéroglyphiquement dans les sections co-
niques.

Certes, je ne veux point comparer à ces excentri-
cités les développements, en partie solides, et toujours sérieux, que Herbert Spencer, après Comte, et
tout récemment M. René Worms et M. Novicow, ont
donnés à la thèse de la société-organisme. J'apprécie
fort le mérite et l'utilité momentanée de tels ouvrages,
même en les critiquant. Mais, généralisant maintenant ce qui précède, j'ai le droit, je crois, d'énoncer la
proposition suivante : Le progrès d'une science consiste à remplacer des similitudes et des répétitions
extérieures, c'est-à-dire des comparaisons de l'objet
propre de cette science avec d'autres objets, par des
similitudes et des répétitions *intérieures*, c'est-à-dire
des comparaisons de cet objet avec lui-même considéré en ses exemplaires multiples et sous d'autres
aspects. A l'idée de l'organisme social qui envisage la
nation comme une plante ou un animal, correspond

celle du mécanisme vital qui regarde une plante ou un animal comme une mécanique. Mais ce n'est pas par cette comparaison, creusée et prolongée, d'un corps vivant avec un mécanisme que la biologie a progressé, c'est par la comparaison des plantes entre elles, des animaux entre eux, des corps vivants entre eux (1). Et ce n'est pas par la comparaison des sociétés avec les organismes, que la sociologie déjà fait de grands pas en avant et en fera de plus grands encore, c'est par la comparaison des sociétés entre elles, c'est par les innombrables coïncidences notées entre des évolutions nationales distinctes au point de vue de la langue, du droit de la religion, de l'industrie, des arts, des mœurs : c'est surtout par l'attention prêtée à ces imitations d'homme à homme, qui donnent l'explication analytique des faits d'ensemble.

(1) Pareillement, ce ne sont pas les comparaisons pythagoriciennes des mathématiques avec toutes les autres sciences qui ont fait avancer les mathématiques, mais, autant elles ont été stériles, autant le rapprochement de ces deux branches des mathématiques, la géométrie et l'algèbre, a été fécond, sous la main de Descartes. Et c'est seulement quand le calcul infinitésimal a été inventé, quand on est descendu à l'élément mathématique indécomposable et dont les répétitions indéfinies expliquent tout, que la fécondité mathématique est apparue dans sa plénitude.

Après ces longs préliminaires, le moment serait venu d'exposer les lois générales qui régissent la répétition imitative et qui sont à la sociologie ce que les lois de l'habitude et de l'hérédité sont à la biologie, ce que les lois de la gravitation sont à l'astronomie, et les lois de l'ondulation à la physique. Mais j'ai traité abondamment ce sujet dans l'un de mes ouvrages, *les Lois de l'imitation*, auquel je me permets de renvoyer ceux que cette matière intéresse. Toutefois je tiens à dégager ce que je n'ai pas assez mis en lumière, à savoir qu'au fond, toutes ces lois découlent d'un principe supérieur: la tendance d'un exemple, une fois lancé, dans un certain groupe social, à s'y propager suivant une progression géométrique, si ce groupe reste homogène. — Par cette *tendance,* d'ailleurs, je n'entends rien de mystérieux. Cela signifie une chose très simple : quand, par exemple, dans un groupe, le besoin d'exprimer une idée nouvelle par un mot nouveau se fait sentir, le premier qui imagine une expression imagée propre à satisfaire ce besoin n'a qu'à la prononcer pour que, de proche en proche, elle soit bientôt répercutée par toutes les bouches du groupe en question, et pour qu'elle se répande même, plus tard, dans les groupes voisins. Cela ne veut pas dire le moins du monde que cette locution est douée d'une âme qui la porte à rayonner ainsi, pas plus que le physicien, en disant que l'onde sonore tend à se répandre dans l'air, ne prête à cette simple forme une force propre, ambitieuse et avide (1). Non, c'est à une m anière de parler, pour dire, dans un cas, que les forces motrices inhérentes aux molécules d'air ont trouvé dans cette répétition ondulatoire une voie d'écoulement, et pour dire, dans l'autre, que le besoin spécial inhérent aux individus humains du groupe dont il s'agit a trouvé à se satisfaire par cette répétition imitative, qui évite à leur paresse (analogue à l'*inertie* matérielle) la peine de se mettre eux-mêmes en frais d'invention. — Quoi qu'il en soit, la tendance à la progression géométrique en question n'est pas douteuse; seulement elle est le plus souvent entravée par des obstacles de divers genres, et il est assez rare, pas très rare pourtant, que les diagrammes statistiques relatifs à la propagation dans le public d'une nouvelle invention indus-

(1) Et pas plus que le naturaliste, en disant qu'une espèce end à se propager suivant une progression géométrique, ne regarde cette forme typique comme possédant par elle-même, indépendamment du soleil, des affinités chimiques, de toutes les énergies physiques dont elle est la simple canalisation, une énergie et une aspiration indépendantes

trielle, peignent aux yeux cette progression régulière. Ces obstacles, quels sont-ils ? Il en est qui proviennent de la diversité des climats et des races,
mais ce ne sont pas les plus forts; l'entrave majeure
qui arrête l'expansion d'une innovation sociale et sa
consolidation en coutume traditionnelle, c'est quelque
autre innovation pareillement expansive qui la rencontre sur son chemin, et qui, pour employer une
métaphore physique, interfère avec elle. Chaque fois,
en effet, que chacun de nous hésite entre deux ma-
nières de parler, entre deux idées, entre deux
croyances, entre deux façons d'agir, une interférence
de rayonnements imitatifs a lieu en lui, de rayonnements imitatifs qui, à partir de foyers différents,
extrêmement distincts l'un de l'autre souvent dans
l'espace et dans le temps, de foyers, c'est-à-dire d'inventeurs, d'imitateurs individuels primitifs, se sont
propagés jusqu'à lui. Alors, comment se résout son
embarras ? Quelles sont les influences qui le décident ? Ces influences sont, ai-je dit, de deux sortes : les
unes logiques, les autres extra-logiques. J'ai besoin
d'ajouter que ces dernières mêmes sont logiques en
un certain sens du mot, car, lorsque, entre deux
exemples, le plébéien choisit aveuglément celui du
patricien, le rural celui du citadin, le provincial celui

du Parisien (c'est ce que j'ai appelé la cascade de l'imitation de haut en bas de l'échelle sociale), l'imitation, si aveugle qu'elle ait été, a été mue en somme par une présomption de supériorité attachée à l'exemple du modèle qui lui paraît avoir une autorité sociale sur lui. Il en est de même quand, entre l'exemple de ses ancêtres et celui d'un novateur étranger, l'homme primitif n'hésite pas à préférer celui des premiers qu'il juge infaillibles, et, inversement, il en est de même, quand, dans une perplexité toute pareille, l'individu de nos villes modernes, persuadé à priori que le nouveau est toujours préférable à l'antique, fait un choix précisément contraire. — Il n'en est pas moins vrai que l'opinion de l'individu fondée de la sorte sur des considérations extrinsèques à la nature même des deux modèles comparés, des deux idées ou des deux volitions en présence, mérite d'être soigneusement distinguée des cas où il opte en vertu d'un jugement porté sur le caractère intrinsèque de ces deux idées ou de ces deux volitions, et on peut réserver aux influences qui le décident dans ce cas l'épithète de logiques.

Mais je n'en dirai pas davantage pour le moment, car, dans notre prochain chapitre, nous aurons à reparler de ces duels logiques et téléologiques, éléments de l'opposition sociale. — Ajoutons que les interférences des rayonnements imitatifs ne sont pas toutes de mutuelles entraves, elles sont très souvent de mutuelles alliances et servent à accélérer, à amplifier ces rayonnements ; quelquefois même elles sont l'occasion d'une idée géniale qui naît de leur rencontre et de leur combinaison dans un cerveau, comme nous le verrons dans le chapitre consacré à l'adaptation sociale.

CHAPITRE II

Théoriquement, l'aspect-répétition des phénomènes est le plus important à considérer. Mais leur aspect-opposition, pratiquement, au point de vue des applications de la science, présente un intérêt majeur. Et jusqu'ici, depuis Aristote, il n'a cessé d'être, sinon tout à fait méconnu, du moins confondu dans le pêle-mêle des différences quelconques.

Ici, comme plus haut, nous dirons que le progrès des sciences a consisté à remplacer de vaines, superficielles et grossières oppositions en petit nombre, aperçues ou imaginées tout d'abord, par des oppositions subtiles et profondes, innombrables, péniblement découvertes, et à remplacer des oppositions extérieures par des oppositions intérieures au sujet considéré. Il a consisté aussi, ajouterons-nous de même, à dissiper des dyssymétries ou des assymétries

apparentes et à leur substituer beaucoup de dyssymétries ou d'assymétries cachées et plus instructives.

Cherchons les oppositions dans le ciel étoilé. Le
jour et la nuit, et d'abord le ciel et la terre, ont commencé par faire antithèse, et les cosmogonies religieuses, les embryons de l'astronomie et de la géo-
logie naissantes ou aspirant à naître, ont vécu de
cela. Puis des oppositions plus vraies, mais encore
mal comprises ou toutes subjectives ou superficielles,
ont apparu : le zénith et le nadir, ce qui n'est que
l'antithèse du haut et du bas poussée à bout, — les
quatre points cardinaux opposés deux par deux, —
l'hiver et l'été, le printemps et l'automne, le matin et
le soir, midi et minuit, le premier et le dernier quartier
de la lune, etc. Toutes ces oppositions ont été conservées, il est vrai, par la science grandissante, mais
en perdant beaucoup de leur importance et de leur
signification primitives. L'ouest, pour les sauvages,
n'est pas, comme pour nous, une orientation toute
relative à notre position en regardant l'étoile dite
polaire ; l'ouest, pour eux, est le lieu de la félicité
posthume, du séjour éternel des âmes ; pour d'autres,
c'est l'est. De là, l'orientation rituelle des temples et
des tombeaux. Le premier et le dernier quartier de la
lune, pour nous, n'ont assurément pas le sens imagi-

naire et si considérable que leur attribue la superstition des agriculteurs primitifs, et encore celle de nos paysans. La *nouvelle lune*, suivant ceux-ci, a la vertu de faire pousser rapidement, et la *vieille lune* d'empêcher de croître tout ce qu'on plante à l'une ou à l'autre de ces deux phases lunaires. C'est un vestige de la distinction antithétique des jours fastes et néfastes.

Ces oppositions ont donc été conservées, mais à titre superficiel et conventionnel. D'autres ont été supprimées : par exemple, celles du céleste et du terrestre, du soleil et de la lune, et l'importance de celles-ci, comme de celles-là, a passé à d'autres qui sont tout autrement profondes. D'abord, la découverte de la nature elliptique, parabolique ou hyperbolique, des courbes décrites par les astres, planètes ou comètes, a permis d'apercevoir la parfaite symétrie des deux moitiés de chacune de ces courbes aux deux côtés du grand axe. (Je dis *parfaite*, sauf les perturbations, qui sont de mutuelles répétitions de ces courbes les unes par les autres dans l'intérieur d'un même système.) En outre, on a aperçu que les ellipticités planétaires allaient croissant et décroissant alternativement, avec une grande régularité, par des oscillations autour d'une position d'équilibre. —

Enfin, l'antithèse astronomique profonde, universelle, continue, fondement de tout le reste, c'est celle de l'égalité entre l'attraction que chaque masse ou molécule subit et celle qu'elle exerce. Chacune d'elles est aussi attirée qu'attirante, et c'est là une des plus belles illustrations de la loi mécanique de l'opposition universelle, qu'on appelle la loi de l'action égale et contraire à la réaction.

La physique et la chimie, comme l'astromie, ont débuté par des pseudo-contraires. Les *quatre éléments* conçus par les premiers physiciens s'opposaient deux à deux : l'eau et le feu, l'air et la terre. On imaginait entre certaines substances des antipathies innées. Des idées plus saines sur la nature vraie des oppositions physiques et chimiques se sont fait jour quand on a découvert le caractère en quelque sorte opposé des bases et des acides, surtout des électricités de nom contraire, ainsi que la polarité lumineuse. L'idée de polarité, qui a joué un si grand rôle dans les théories physico-chimiques, a marqué un progrès immense sur les conceptions antérieures, jusqu'à ce qu'elle-même ait été expliquée par la notion des ondulations dans lesquelles on l'a résolue ou on est en voie de la résoudre. De même que la lumière, la chaleur, l'électricité, apparaissent comme des pro-

pagations sphériques ou linéaires de vibrations infinitésimales et infiniment rapides, la combinaison chimique tend à être considérée comme un enchevêtrement d'ondes harmonieusement unies : mais ici nous
touchons au domaine de l'*adaptation*. Il n'est pas
jusqu'à l'attraction qu'on n'ait souvent expliquée par
des poussées de vibrations éthérées. Quoi qu'il en
soit, il n'en est pas moins certain que les gravitations
elliptiques des astres, aux dimensions près, sont comparables aux ondes physiques, va-et-vient de molécules suivant des ellipses très allongées, et qu'ici
comme là il y a rythme ondulatoire. Nous voyons, en
somme, combien, par le progrès des sciences, le
champ de l'opposition s'est étendu et approfondi, et
qu'à de vagues oppositions *qualitatives* se sont subs-
tituées des oppositions *quantitatives*, précises et
rythmées, tissu de la toile du monde. La merveilleuse
symétrie des formes cristallines propres à chaque
substance chimique est la traduction graphique, l'expression visuelle de ces oppositions rythmiques des
mouvements innombrables qui la constituent. Et
n'est-ce pas aussi à cette rythmicité des mouvements
intérieurs des corps qu'il faut peut-être demander
l'explication ultime de la loi de Mendeleef qui nous
montre les groupes de substances comme formant au-

tant de gammes superposées et périodiquement répétées, clavier auquel manquent çà et là quelques tou-
ches, que nous découvrons de temps en temps ?

Mais, en même temps que l'évolution des sciences
physiques faisait découvrir des oppositions et des
symétries plus profondes, plus nettes, plus explicatives, elle révélait aussi des assymétries, des arylh-
mies, des *inoppositions* plus importantes. Elle mon-
trait, par exemple, qu'il n'y a pas, dans le système
solaire, de corps planétaire qui rétrograde, qui aille
en sens directement inverse du sens général ; il n'y a
d'exception que pour certains satellites. La configuration des nébuleuses que découvrent nos téléscopes
est souvent dyssymétrique. Nous n'avons pas la
moindre raison de penser qu'il y ait symétrie entre
l'évolution et la dissolution d'un système solaire, si
dissolution il y a, ni entre la formation des couches
géologiques successives d'une planète et son morcel-
lement final, si l'on adopte à cet égard les idées de
M. Stanislas Meunier. La dissémination des astres
dans le ciel reste, après comme avant les progrès de
l'astronomie, ce qu'il y a de plus pittoresque et de
plus capricieux. Ou plutôt le sublime désordre de ce
spectacle apparaît d'autant plus frappant, d'autant
plus profond, qu'on a fait plus de progrès dans la

connaissance des forces équilibrées, symétriquement
opposées, qui semblent constituer tout cela. — Quel
astronome à présent rêverait, comme les anciens, une
anti-terre, un *antichton*, où tout serait inverse du terrestre ? — A mesure que la géographie de notre planète nous est mieux connue, nous sommes davantage frappés de l'absence de toute symétrie dans la
configuration des continents et des chaînes de montagnes, et le *réseau pentagonal* d'Élie de Beaumont
ne séduit plus personne. Les progrès de la cristallo-
graphie même ont fait remarquer des dyssymétries
d'abord inaperçues, et dont l'importance a été mise
en relief par les travaux de Pasteur... Mais je ne puis
qu'indiquer ce sujet.

Dans le monde vivant, les grosses ou apparentes
oppositions — la vie et la mort, la jeunesse et la vieillesse — ont été les premières saisies, et celles que je
viens de citer ont été une des plus anciennes similitudes constatées entre les animaux et les plantes, ru-
diment d'une biologie générale. Il n'a pas été possible
non plus de ne pas remarquer la symétrie des formes
vivantes, si frappante et si étrange par son univer-
salité. Mais on a imaginé une foule d'oppositions

4.

vivantes sans réalité ou sans valeur. Parmi celles-ci,
on peut ranger les anges et les démons, puisqu'ils
sont conçus, les uns et les autres, comme des espèces
d'animaux supérieurs. Pareillement, pour le sauvage,
et parfois pour l'illettré de nos jours même, la grande
opposition vivante est celle des êtres bons ou mauvais à manger, des plantes alimentaires et vénéneuses,
des animaux utiles et nuisibles. C'est là une opposition subjectivement vraie, mais imaginaire en tant
qu'elle est objectivée, comme elle l'est instinctive-
ment par l'ignorant de toutes races. — Les médecins
ont longtemps conçu la maladie et la santé comme
deux états précisément contraires, et les causes de la
maladie comme précisément inverses de celles de
la santé. L'erreur homéopathique, au fond, est née
de cette illusion. La maladie et la santé, ainsi conçues, sont des entités verbales, que les progrès de la
physiologie ont dissipées. La déviation pathologique
rentre dans le fonctionnement physiologique, elle ne
lui est pas opposée. — La dissolution individuelle a
été aussi regardée comme l'inverse de l'évolution, la
vieillesse comme une enfance retournée. Ce point de
vue n'a pu être décidément éliminé qu'après que l'em-
bryologie a fait connaître la traversée d'une série de
formes ancestrales qui, évidemment, n'ont rien d'in-

versement analogue dans les phases du déclin sénile.

Longtemps après que les sciences de la vie ont commencé à se constituer, les physiologistes ont encore imaginé une opposition, factice autant que savante, entre l'animalité et la végétation : à leurs yeux, la respiration animale était précisément l'inverse de la respiration végétale et détruisait ce que celle-ci avait produit, la combinaison de l'oxygène et du carbone. La physiologie comparée, par Claude Bernard et d'autres, a démontré le caractère superficiel de cette inversion et l'unité fondamentale de la vie dans les deux règnes, non pas opposés mais divergents. En revanche, à ces oppositions fausses ou vagues de groupes d'êtres à groupes d'êtres, d'êtres à êtres, ou, dans un même être, d'entités à entités, le progrès du savoir a substitué, dans l'intimité des tissus, d'innombrables, d'infinitésimales oppositions très réelles : celles de l'oxydation et de la désoxydation de chaque cellule, du gain et de la dépense de force. Ici encore, c'est sous la forme du rythme bien plus que de la lutte que l'opposition est apparue fondamentale et féconde.

Mais, en même temps, se sont fait jour des dyssymétries nouvelles et plus cachées : et, pour n'en citer qu'un exemple, l'étude des fonctions cérébrales, en permettant de localiser la faculté du langage dans l'hémisphère gauche, a établi une dyssymétrie fonctionnelle des plus importantes entre les deux moitiés du cerveau. Ce n'est pas le seul cas où la symétrie de forme existante entre les organes correspondants des deux côtés du corps, la main droite et la main gauche, l'œil droit et l'œil gauche, etc., s'est trouvée recouvrir la dyssymétrie ou l'assymétrie profonde de leur rôle. En outre, comme je le disais plus haut, l'idée théorique, fort ancienne, et en apparence spécieuse, que la dissolution des êtres vivants, des types vivants, doit être précisément l'opposé de leur évolution, a dû disparaître devant les progrès de l'observation. Et cette absence de symétrie entre ces deux versants de la vie, sa montée et sa descente, soit dans les individus, soit dans les espèces, a un grand sens : elle tend à prouver que la vie n'est pas un simple jeu, une balançoire de forces pour ainsi dire, mais une marche en avant, et que l'idée de progrès n'est pas un vain mot. Elle tend à faire considérer l'opposition des phénomènes, leurs symétries, leurs luttes et aussi bien leurs rythmes, et pareillement leurs répétitions, comme de simples instruments du progrès, des *moyens termes*.

La sociologie donne lieu à des considérations ana-
logues. A l'origine, car, à certains égards, elle est
fort ancienne, elle a débuté par être une mythologie ;
et, mythologiquement, elle s'est complue à tout
expliquer en histoire par des luttes fantastiques, par
des guerres imaginaires autant que gigantesques
entre des dieux bons et des dieux mauvais, des dieux
de la lumière et des dieux de la nuit, des héros et
des monstres. Les métaphysiques, non moins que
les mythologies, ont abusé des combats ; elles ont
imaginé aussi des oppositions de séries, directes et
rétrogrades, des développements de l'humanité en
un sens suivis de développements en sens inverse.
Sur ce point Platon et les philosophes hindous se
donnent la main. Hegel, avec ses ambitieuses généralisations, avec son groupement de peuples sous la
bannière d'Idées antagonistes, Cousin, avec son antithèse imaginaire entre l'Orient-infini et la Grèce-
finie, sont aussi d'excellents spécimens des antino-
mies sociologiques du passé. Tout cela est dissipé,
on ne daigne plus même opposer maintenant — surtout depuis la stupéfiante européanisation du Japon
en quelques années — la prétendue immutabilité
innée des Asiatiques à la prétendue progressivité
innée des Européens.

Les économistes ont déjà rendu un signalé service à la science sociale en substituant à la guerre comme clef de l'histoire la concurrence, sorte de guerre non seulement adoucie et atténuée, mais à la fois rapetissée et multipliée. Enfin, si l'on adopte notre manière de voir, c'est une concurrence de désirs et de croyances qu'il faut considérer au fond de ce que les économistes appellent la concurrence des consommateurs ou celles des co-producteurs, et, généralisant cette lutte, l'étendant à toutes les formes linguistiques, religieuses, politiques, artistiques, morales, aussi bien qu'industrielles, de la vie sociale, on verra que la *vraie opposition sociale élémentaire* doit être cherchée au sein même de chaque individu social, toutes les fois qu'il *hésite* entre adopter ou rejeter un modèle nouveau qui s'offre à lui, une nouvelle locution, un nouveau rite, une nouvelle idée, une nouvelle école d'art, une nouvelle conduite. Cette hésitation, cette petite bataille interne, qui se reproduit à millions d'exemplaires à chaque moment de la vie d'un peuple, est l'opposition infinitésimale et infiniment féconde de l'histoire ; elle introduit en sociologie une révolution tranquille et profonde.

Et, en même temps, dans cette même manière de

voir, le caractère simplement auxiliaire et subordonné de l'opposition sociale, même sous sa forme
psychologique, est révélé par la mise en évidence de
beaucoup d'assymétries ou de dyssymétries qui
n'apparaissent pas tout d'abord. J'ai dû, et cette distinction n'a guère trouvé de contradicteurs, distinguer entre le *réversible* et l'*irréversible* en tout ordre
de faits sociaux, et il s'est trouvé que l'irréversible
était toujours ce qu'il y avait de majeur : par
exemple, la série des découvertes de la science ou de
l'industrie. On a vu aussi s'accentuer, par le fait
même de ces oppositions psychologiques innombrables dont la vie de tout individu social se compose, son originalité individuelle, son génie propre,
qui ne s'oppose à rien, et dont ce qu'on appelle le
génie d'un peuple, ou, si l'on aime mieux, le génie
d'une langue, le génie d'une religion, est l'expression
collective et abréviative. On a vu aussi s'entretenir,
par le jeu même de ces petites oppositions infinitésimales dont je viens de parler, le côté esthétique de la
vie sociale, par lequel elle n'est comparable ni oppo-
sable à rien.

Mais ce n'est là qu'un sommaire coup d'œil et très
incomplet ; il importe d'entrer plus intimement dans
ce sujet si peu exploré et qui mérite de l'être. Enten-

dons-nous bien, en premier lieu, sur les divers sens
de ce mot : Opposition. Dans mon livre sur l'*Opposition universelle*, j'ai proposé une définition et une
classification auxquelles je me permets de renvoyer.
Résumons-les rapidement à notre point de vue actuel.
L'opposition est conçue à tort, vulgairement, comme
un maximum de différence. Elle est, en réalité, une
espèce très singulière de répétition, celle de deux
choses semblables qui sont propres à s'entre-détruire
en vertu de leur similitude même. Les opposés, les
contraires, forment donc toujours un couple, une
dualité, et ils sont opposables non pas en tant qu'êtres
ou groupes d'êtres, choses toujours dissemblables et
sui generis par quelque côté, non pas même en
tant qu'*états* d'un même être ou d'êtres différents,
mais en tant que *tendances*, en tant que *forces* ; car,
si on regarde certaines formes ou certains états
comme opposés, le concave et le convexe, le plaisir
et la douleur, le froid et le chaud, c'est en raison de
la contrariété réelle ou supposée des forces par les
quelles ces états ont été produits. Déjà nous voyons
par là qu'on doit éliminer, dès le début, comme autant de pseudo-oppositions, toutes les antithèses des
mythologies ou des philosophies de l'histoire qui se
fondent sur de prétendues contrariétés *de nature*,

entre deux peuples, entre deux races, entre deux formes de gouvernement : la république et la monarchie par exemple (voir à cet égard certains hégéliens), entre l'occident et l'orient, entre deux religions : la chrétienté et l'islam, entre deux familles de langues innées : langues sémitiques et langues indo-européennes. Ce sont là des contrastes accidentellement et partiellement vrais si l'on envisage les côtés par lesquelles les choses dont il s'agit, dans certaines circonstances plus ou moins passagères, nient et affirment la même idée, désirent et repoussent le même but, mais ce sont des contrastes chimériques si, comme semblent le croire beaucoup d'anciens philosophes, l'antipathie de ces choses les unes à l'égard des autres est jugée essentielle, absolue, innée.

Toute opposition vraie implique donc un rapport entre deux forces, deux tendances, deux *directions*. Mais les phénomènes par lesquels ces deux forces se réalisent peuvent être de deux sortes : qualitatifs ou quantitatifs, c'est-à-dire formés de phases hétérogènes ou de phases homogènes. Une série de phases hétérogènes est une évolution quelconque, qui peut être toujours conçue (à tort ou à raison) comme réversible, comme susceptible de rétrograder

suivant un chemin précisément inverse. Par exemple,
d'un morceau de bois un chimiste, moyennant une
série d'opérations chimiques, finira par extraire de
l'eau-de-vie, ce qui ne veut pas dire que, par une série d'opérations inverses, il sera possible de recons-
tituer le morceau de bois, mais si ce n'est pas possible, c'est au moins imaginable. Tel est le rêve
d'anciens philosophes en ce qui concerne les transformations de l'humanité. Une série de phases homogènes est cette évolution d'un genre spécial qu'on
appelle augmentation ou diminution, croissance ou
décroissance, hausse ou baisse. Il n'est pas nécessaire
d'insister pour faire remarquer combien, à mesure
que la science sociale se développe avec la civilisation, les oppositions précises et mesurables de cet
ordre vont se révélant et se multipliant, sous la
forme du cours de la Bourse, des diagrammes statistiques où la hausse et la baisse de telle ou telle
valeur, la hausse et la baisse de tel ou tel genre de
criminalité, du suicide, de la natalité, de la matrimo-
nialité, de la prévoyance mesurée par les livrets des
caisses d'épargne ou les assurances, etc., s'enregis-
trent en courbes ondulatoires.

Je viens de distinguer les oppositions de série (évolution et contre-évolution) et les oppositions de degré

(augmentation et diminution). Une catégorie bien plus importante encore à considérer est celle des oppositions *de signe*, ou des oppositions *diamétrales*, si l'on aime mieux. Bien que celles-ci soient souvent confondues avec les précédentes dans la langue mathématique, où moins et plus symbolisent aussi bien le contraste du *positif* et du *négatif* que celui de l'augmentation et de la diminution, il n'en est pas moins vrai que l'accroissement ou le décroissement alternatifs d'une même force dirigée dans un même sens constituent une opposition tout autre que celle de deux forces dont l'une est dirigée de A à B, l'autre de B à A, toutes deux sur la même ligne droite. De même, l'opposition entre l'accroissement et le décroissement d'une créance ne doit pas se confondre avec celle de cette créance et d'une dette égale ; le plus ou le moins de penchant au vol et à la malfaisance, dans une société, est autre chose que l'antithèse entre ce penchant et le penchant à la donation et à la bienfaisance. Pour donner tout de suite l'explication psychologique de ces contrastes sociaux et de beaucoup d'autres, disons que l'augmentation, puis la diminution de notre croyance *affirmative* en une idée, religieuse ou scientifique, juridique ou politique, est tout autre chose que notre affirmation puis notre *négation* de cette même idée, et que l'augmentation puis la diminution de notre désir d'un objet, par exemple de notre amour d'une femme, est tout autre chose que notre désir puis notre répulsion de ce même objet, notre amour puis notre haine de cette femme. Il est vraiment curieux de constater que ces quantités subjectives, croyance et désir, comportent deux signes opposés, l'un positif, l'autre négatif, et qu'en cela elles sont tout à fait comparables aux quantités objectives, aux forces mécaniques dirigées en sens inverses sur une même ligne droite. L'espace est ainsi constitué qu'il comporte une infinité de couples de directions opposées l'une à l'autre, et notre conscience est ainsi constituée qu'elle comporte une infinité d'affirmations opposées à des négations, une infinité de désirs opposés à des répulsions, et ayant précisément le même objet. Sans cette double singularité, dont la coïncidence est singulière, l'Univers ne connaîtrait point la guerre et la discorde, et tout le côté tragique de la destinée serait aussi inconcevable qu'impossible.

Remarque essentielle. Les oppositions quelles qu'elles soient, de *séries*, de *degrés* ou de *signes*, peuvent avoir lieu entre des termes réalisés soit dans un même être (une même molécule, un même orga-

nisme, un même *moi*), soit dans deux êtres différents
(deux molécules ou deux masses, deux organismes,
deux consciences humaines). Mais il importe de bien
distinguer ces deux cas. Cela importe d'abord au
point de vue d'une autre distinction non moins
essentielle et qui consiste à ne pas confondre le cas
où les termes sont simultanés et celui où ils sont successifs. Dans le premier cas, il y a choc, lutte, équilibre ; dans le second cas, il y a alternance, rythme.
Dans le premier cas, il y a toujours destruction et
perte de force ; dans le second, non. Or, quand elles
se produisent dans le sein de deux êtres différents,
les oppositions quelconques, qu'elles soient de séries,
de degrés ou de signes, peuvent être simultanées ou
successives, luttes ou rythmes ; mais, quand leurs
termes appartiennent à un même être, à un même
corps ou à un même moi, elles ne peuvent être
simultanées aussi bien que successives que si elles
sont des oppositions de signes. Quant aux oppositions de séries et de degrés, dans cette hypothèse,
elles ne comportent que des termes successifs, alternatifs. Par exemple, il ne se peut que la vitesse d'un
mobile dans une même direction donnée augmente
et diminue à la fois, ce n'est possible que successivement ; mais il se peut qu'il soit animé à la fois

de deux tendances à se diriger en deux sens contraires : c'est le cas de l'équilibre, symbolisé souvent
par la symétrie de formes opposées, notamment dans
les cristaux. Pareillement, il ne se peut que l'amour
d'un homme pour une femme soit tout à la fois en
train d'augmenter et de diminuer, cela n'est possible
qu'alternativement, mais il se peut qu'il aime à la fois
et haïsse cette même femme, antinomie du cœur réa-
lisée par tant de crimes passionnels. Il ne se peut que
la foi religieuse d'un homme aille à la fois en croissant et en décroissant, cela n'est possible que successivement, mais il se peut qu'il porte à la fois dans sa
pensée, sans s'en douter le plus souvent, l'affirmation
énergique et la négation implicite non moins énergique de certains dogmes, telle croyance chrétienne
et tel préjugé mondain ou politique qui la nie. Enfin,
il ne se peut, évidemment, que la même molécule
passe à la fois par une certaine série de transformations chimiques et par la transformation inverse,
ni que le même homme perçoive à la fois à deux sens
opposés la même série d'états psychologiques, cela
n'est possible que successivement. Au contraire, rien
n'est plus habituel que de voir à la fois, dans un système de corps, astronomiques ou autres, un corps
qui va de l'aphélie au périhélie pendant qu'un autre

corps va du périhélie à l'aphélie, ou un corps qui
s'accélère pendant qu'un autre se refroidit; et rien
n'est plus ordinaire que de voir dans une société une
personne dont l'ambition ou la foi grandit pendant
que cette même ambition ou cette même foi décline
chez une autre, ou bien une personne qui, faisant un
voyage circulaire, traverse une certaine série de sensations visuelles, pendant qu'une autre personne suit
l'itinéraire inverse, parcourt inversement cette même
gamme sensationnelle.

La discussion de chacune des espèces d'oppositions
distinguées de la sorte nous entraînerait trop loin.
Bornons-nous à quelques considérations générales.
D'abord, s'il y a des *oppositions extérieures* (appelons
ainsi les oppositions de tendances entre plusieurs
êtres, entre plusieurs hommes), elles ne sont rendues
possibles que parce qu'il y a ou qu'il peut y avoir des
oppositions internes (entre tendances différentes d'un
même être, d'un même homme). Ceci s'applique aux
oppositions de séries et de degrés comme aux oppositions de signes, mais surtout à ces dernières. S'il y
a des hommes ou des groupes d'hommes qui évoluent
dans tel sens pendant que d'autres hommes ou d'autres groupes d'hommes évoluent en sens inverse, du
naturalisme à l'idéalisme en fait d'art, par exemple,

ou de l'idéalisme au naturalisme, — du régime aris-
tocratique au régime démocratique ou de la démo-
cratie à l'aristocratie, etc., — c'est que chaque
homme peut évoluer et contre-évoluer de la sorte
S'il y a des peuples et des classes où la foi religieuse
grandit pendant que, chez d'autres peuples ou d'autres classes, elle décline, c'est parce que la conscience de chaque homme comporte les accroissements ou les décroissements d'intensité de la
croyance. S'il y a enfin des partis politiques ou des
sectes religieuses qui affirment et qui désirent précisément ce que d'autres partis et d'autres sectes nient
et repoussent, c'est parce que l'esprit et le cœur de
chaque homme sont suceptibles de contenir le *oui*
et le *non*, le pour et le contre, à propos d'une même
idée ou d'un même dessein.

Par là je suis loin de vouloir identifier les *luttes
extérieures* avec les *luttes internes*. En un sens, elles
sont incompatibles ; en effet, c'est seulement quand
la lutte interne a pris fin, quand l'individu, après
avoir été tiraillé entre des **influences** contradictoires,
a fait son choix, a adopté telle opinion ou telle
résolution, plutôt que telle autre, c'est quand il a fait
ainsi la paix en soi-même que la guerre devient possible entre lui et les individus qui ont fait un choix

opposé. Mais, pour que la guerre éclate, cela ne
suffit pas. Il faut en outre que cet individu sache
que les autres individus ont choisi le contraire de ce
qu'il a choisi. Sans cela, l'opposition extérieure des
contraires simultanés, aussi bien que successifs,
serait comme n'existant pas et ne présenterait en
rien les caractères d'une lutte extérieure, qui la rend
réellement efficace. Pour qu'il y ait guerre religieuse,
ou lutte religieuse, il faut que chaque fidèle d'un
culte sache que les fidèles de tel autre culte nient
précisément ce qu'il affirme, et il faut que cette
négation — non pas adoptée imitativement, mais au
contraire repoussée par lui — se juxtapose dans sa
conscience à sa propre affirmation dont elle redouble
l'intensité. Pour qu'il y ait concurrence économique,
par exemple entre des candidats à l'achat d'une
maison, il faut que chacun d'eux sache que sa volonté
d'avoir cet immeuble est contre-carrée par ses compétiteurs, qui veulent qu'il ne l'ait pas. Et il veut
d'autant plus l'avoir qu'il sait que ceux-ci ne veulent
pas qu'il l'ait. Sans cette condition, la concurrence
par elle-même est stérile, et les économistes ont eu
le tort ici de ne pas distinguer assez nettement le cas
où il n'y a pas, chez les concurrents, conscience de
leur concurrence, et la mesure très variable de cette

5.

conscience, les degrés infinis qui la séparent de
l'inconscience complète.

Voilà pourquoi j'avais raison de dire tout à l'heure
qu'il faut chercher l'opposition sociale élémentaire,
non pas, comme on pourrait le croire à première
vue, dans le rapport de deux individus qui se contredisent ou se contrarient, mais bien dans les duels logiques et téléologiques, dans les combats singuliers
de thèses et d'antithèses, de vouloirs et de *nouloirs,*
dont la conscience de l'individu social est le théâtre.
On pourra, il est vrai, me demander : En quoi donc
l'opposition simplement psychologique diffère-t-elle
de l'opposition sociale? Elle en diffère par sa cause
et surtout par ses effets. Par sa cause : un solitaire
reçoit de ses sens deux perceptions en apparence
contradictoires, il hésite entre deux jugements sen-
sitifs, l'un qui lui dit que cette tache là-bas est un
lac, l'autre qui lui dit le contraire ; voilà une opposition interne dont l'origine est toute psychologique,
et le cas est infiniment rare. On peut affirmer sans
crainte de se tromper que tous les doutes, toutes les
hésitations dont souffre l'homme le plus isolé, né
dans la plus sauvage des tribus, sont dus à la rencontre en lui-même ou bien de deux rayons d'exemples, qui sont venus interférer dans son cerveau, ou

bien d'un rayon d'exemples qui s'est croisé avec une perception des sens. En écrivant, j'hésite souvent entre deux locutions synonymes, dont chacune se présente comme préférable à l'autre dans la circonstance donnée : ici ce sont deux rayons imitatifs qui ont interféré en moi ; j'entends par là les deux séries d'hommes qui à partir du premier inventeur de l'un de ces mots et du premier inventeur de l'autre, sont venus aboutir à moi. Car j'ai appris chacun de ces mots d'un individu qui l'a appris d'un autre, et ainsi de suite en remontant jusqu'au premier qui l'a prononcé. (C'est là ce que j'appelle, encore unefois, un *rayon imitatif;* la totalité de rayons de ce genre qui s'échappent d'un inventeur, d'un initiateur, d'un novateur quelconque, dont l'exemple s'est propagé, est ce que j'appelle un *rayonnement* imitatif. La vie sociale se compose d'un entre-croisement touffu de rayonnements de ce genre, entre lesquels les interférences sont innombrables). Autres exemples : Je suis juge et j'hésite entre une opinion qui se fonde sur une série d'arrêts conformes à l'avis émis par tel auteur, Marcadé ou Demolombe, et une opinion opposée qui s'appuie sur une autre série d'arrêts émanant de tel autre commentateur ; encore une interférence de deux rayons imitatifs. De même quand, pour éclairer mon appartement, j'hésite entre le gaz et l'électricité. Mais, quand un jeune paysan, devant un coucher de soleil, ne sait s'il doit croire la parole de son maître d'école qui lui assure que la chute du jour est due à un mouvement de la terre et non du soleil, ou le témoignage de ses sens qui lui dit le contraire, dans ce cas il n'y a qu'un seul rayon imitatif, qui, par son maître d'école, le rattache à Galilée. N'importe, cela suffit pour que son hésitation, son opposition interne et individuelle, soit sociale par sa cause.

Mais c'est surtout par ses effets ou plutôt par son inefficacité que l'opposition simplement individuelle diffère de l'opposition sociale élémentaire, qui est cependant individuelle aussi. Quelquefois l'hésitation de l'individu reste renfermée en lui, ne se propage ni ne tend à se propager imitativement chez ses proches ; dans ce cas, le phénomène reste purement individuel. Mais, le plus souvent, le doute même est contagieux presque autant que la foi, et toute personne qui, dans un milieu fervent par exemple, devient sceptique, ne tarde pas à être le foyer d'un scepticisme rayonnant autour d'elle : peut-on nier alors le caractère social de l'état de lutte interne qui est propre à chacun des individus de ce groupe ?

Mais envisageons la question d'une manière encore

plus générale. Quand l'individu prend conscience de
la contradiction qui existe entre un de ses jugements
ou de ses desseins, ou de ses idées ou de ses habitudes — dogme, tournure de phrase, procédé industriel, espèce d'arme ou d'outil, etc. — et un jugement ou un dessein, une idée ou une habitude, d'un
autre homme ou d'autres hommes, il arrive de trois
choses l'une. Ou bien il se laisse influencer complètement dans le sens d'autrui, il abandonne brusquement sa manière propre de penser et d'agir, et dans
ce cas il n'y a pas de lutte interne, il y a eu victoire
sans combat, ce n'est qu'un des continuels phénomènes d'imitation dont la vie sociale est faite. Ou
bien l'individu ne subit qu'à demi l'influence d'autrui,
c'est le cas que nous venons de considérer plus haut,
et le choc alors est suivi d'un amoindrissement de sa
force plus ou moins entravée et paralysée. Ou bien
il réagit contre l'idée ou l'habitude étrangère, contre
la croyance ou la volonté qui le heurte, et affirme
ou veut d'autant plus énergiquement ce qu'il affir-
mait et voulait déjà. Mais, dans ce dernier cas même,
où il tend toutes les énergies de sa conviction ou de
sa passion pour repousser l'exemple d'autrui, il y a
en lui un trouble, une lutte intime, d'un autre genre,
il est vrai, aussi tonifiante que la précédente était

énervante. Et ce trouble aussi, encore mieux que
l'autre, précisément parce qu'il est une surexcitation
et non une paralysie des forces individuelles, est
propre à se répandre contagieusement ; de là la scis-
sion d'une société en partis. Un nouveau parti est
toujours formé d'un groupe de gens qui ont adopté,
les uns après les autres, les uns à l'exemple des
autres, une idée ou une résolution contraire à celle
qui régnait jusque-là dans leurs milieux et dont eux-
mêmes étaient imbus. D'autre part, ce dogmatisme
nouveau, devenu plus intolérant et plus intense à
mesure qu'il se répand, suscite contre lui la coali-
tion de ceux qui, fidèles aux traditions, ont fait un
choix précisément contraire, et voilà deux fanatismes
en présence.

On le voit, sous sa forme dogmatique et violente,
comme sous sa forme sceptique et énervée, la juxta-
position individuelle de termes opposés est sociale à
la condition de se répandre imitativement. S'il en était
autrement, il faudrait dire qu'il n'y a rien de social
dans des faits tels que ceux-ci : la rivalité de deux
langues, le français et l'allemand, le français et l'anglais, sur leurs frontières respectives, en Belgique,
en Suisse, dans les îles normandes ; ou la rivalité de
deux religions, pareillement limitrophes. L'une de

ces langues, l'une de ces religions, empiète constam-
ment sur l'autre, à la suite d'incessants combats qui
se livrent, non pas entre hommes rivaux, mais, dans
chaque esprit, dans chaque conscience, entre deux
locutions rivales, entre deux croyances rivales. Est-
il rien de plus intéressant socialement que ces allu-
vions linguistiques et religieuses ? D'oppositions psychologiques tout procède donc socialement, et c'est
là qu'il convient de remonter toujours. Il n'en est
pas moins vrai qu'il importe beaucoup de ne pas
confondre les deux formes sous lesquelles l'opposition se présente à nous, l'une dans laquelle le combat des deux termes juxtaposés a lieu dans l'individu
même, l'autre dans laquelle l'individu n'adopte que
l'un des deux termes opposés, quoiqu'ils soient tous
deux juxtaposés en lui, et où le combat, par consé-
quent, n'a lieu que dans ses rapports avec d'autres
hommes. On peut se demander à ce sujet, et je me
le suis demandé depuis longtemps dans l'un de mes
premiers articles (1), ce qu'il y a de pire pour une société, d'être divisée en partis ou en sectes qui se
combattent de leurs programmes et de leurs dogmes
opposés, en peuples qui guerroient, ou d'être com-

(1) Article reproduit plus tard dans mes *Lois de l'imitation*
(premier chapitre, presque *in fine*.)

posée d'individus en paix les uns avec les autres,
mais individuellement en lutte chacun avec soi, en
proie au scepticisme, à l'irrésolution, au décourage-
ment. Vaut-il mieux cette paix de surface qui re-
couvre l'état de guerre sourd et continu des âmes aux
prises avec elles-mêmes, ou dirons-nous que les
guerres les plus meurtrières, les guerres religieuses
même et tous les accès du délire politique dans les
révolutions les plus sanglantes sont préférables à
cette torpeur ? S'il était vrai que nous n'avons à op-
ter qu'entre ces deux solutions, avouons que le problème social serait étrangement ardu. Or ne semble-
t-il pas qu'il en soit ainsi et que les hommes ne
cessent momentanément de se faire la guerre sur les
champs de bataille ou de se combattre avec acharne-
ment dans l'arène de la concurrence industrielle ou
de la compétition politique, que pour retomber dans
le malaise profond des âmes anxieuses, indécises, dé-
couragées, hésitantes entre leurs prêtres et leurs
docteurs qui se contredisent, entre les vieilles
maximes d'une morale respectée de bouche et les
pratiques contraires d'une morale qui n'ose encore
se formuler ? Et n'est-il pas manifeste que, lorsque
les hommes mettent fin à leur écartèlement intérieur,
à leurs ballottements, à leurs tiraillements de doc-

trines et de conduites contradictoires, c'est pour se
ranger en deux camps suivant l'option différente
qu'ils ont faite, et se remettre à guerroyer ? Entre
la guerre extérieure ou la lutte interne, nous n'au-
rions qu'à choisir. Ce serait le dilemme offert aux
derniers rêveurs, — dont je suis — de la paix perpé-
tuelle.

Mais la vérité, heureusement, est moins triste et
moins désespérante. L'observation montre que tout
état de lutte, extérieur ou intérieur, aspire toujours
et finit par aboutir à une victoire définitive ou à un
traité de paix. Pour la lutte intime, sous quelque
nom qu'on la nomme, doute, irrésolution, angoisse,
désespoir, cela est évident : la lutte ici apparaît toujours comme une crise exceptionnelle et passagère,
et nul ne s'aviserait de la considérer comme l'état
normal, ni de la juger préférable avec ses agitations
douloureuses à la paix soi-disant amollissante du travail régulier sous l'empire d'un jugement bien assis
et d'une volonté décidée. Mais, pour la lutte extérieure, pour la lutte entre hommes, en est-il autrement ? L'histoire, bien comprise, fait voir que la
guerre évolue toujours dans un certain sens, et que
cette direction, cent fois reproduite, facile à démêler
en somme à travers les broussailles et les enchevêtre-

ments historiques, est propre à nous faire augurer
sa future disparition après sa raréfaction graduelle.
Par suite du rayonnement imitatif, en effet, qui travaille incessamment et souterrainement, pour ainsi
dire, à élargir le champ social, les phénomènes sociaux vont s'élargissant, et la guerre participe à ce
mouvement. D'une multitude infinie de très petites,
mais très âpres guerres entre petits clans, on passe
à un nombre déjà bien moindre de guerres un peu
plus grandes, mais moins haineuses, entre petites
cités, puis entre grandes cités, puis entre peuples
qui vont grandissant, et enfin on arrive à une ère de
très rares conflits très grandioses, mais sans férocité
aucune, entre des colosses nationaux que leur gran-
deur même rend pacifiques.

Je m'arrête pour remarquer que, par ce passage
du petit au grand, du petit très nombreux au grand
très rare, l'évolution de la guerre, et en général de
tout phénomène social, semble contredire l'évolution
des sciences telle que je l'ai exposée jusqu'ici. Mais,
en fait, elle n'en est que la contre-épreuve et la confirmation. C'est justement parce que tout, dans le
monde des faits, va du petit au grand, que, dans le
monde des idées, miroir renversé du premier, tout va
du grand au petit et, par les progrès de l'analyse,

n'atteint qu'en dernier lieu les faits élémentaires, véritablement explicatifs.

Revenons. A chacune de ses étapes, à chacun de ses élargissements, qui sont avant tout des apaisements, la guerre en somme a diminué ou du moins s'est transformée d'une manière favorable à son évanouissement ultérieur. Chaque agrandissement des États, de tribus devenues cités, de cités royaumes, empires, immenses fédérations, a été la suppression des combats dans une région de plus en plus étendue. Il y a toujours eu sur la terre, jusqu'à notre époque, des régions, même étroites, une vallée resserrée entre des montagnes, une grande île, un fragment bien découpé d'une surface continentale, plus tard le pourtour d'une mer intérieure, qui ont été regardées longtemps comme une sorte d'univers distinct par leurs habitants ; et, quand ce petit univers-là était enfin pacifié par une série de conquêtes qui en avaient réduit toutes les localités sous un même joug, il semblait que le but final, le but toujours poursuivi, la pacification universelle, fût atteint. On se reposait ainsi un moment dans l'empire des Pharaons, dans l'Empire Chinois, dans le Pérou des Incas, dans certaines îles du Pacifique, dans l'Empire romain. Le malheur était qu'à peine entrevu,

le terme fascinateur reculait, la terre apparaissait
plus grande qu'on ne l'avait cru ; des relations se
nouaient, bientôt belliqueuses, avec de puissants
voisins, dont on ne soupçonnait pas jusque-là l'existence, et qu'il fallait conquérir aussi, ou par lesquels
il fallait être conquis, pour asseoir définitivement la
paix du monde. La continuation des guerres, c'est
en somme l'extension graduelle du champ de la paix.
Mais cette extension ne saurait être indéfinie ; ce mi-
rage anxieux ne saurait être à jamais tourmentant,
puisque ce globe a des limites et que depuis longtemps nous en avons fait le tour. Ce qui caractérise
notre époque, ce qui la différencie profondément, en
un sens, de tout le passé, quoique les lois de l'histoire s'appliquent à elle comme à ses devancières, ni
plus ni moins, c'est que, pour la première fois, la
politique internationale des grands États civilisés embrasse dans ses préoccupations, non plus, comme
autrefois, un continent ou deux, mais la totalité du
g'obe, et qu'ainsi le terme dernier de l'évolution de
la guerre se dévoile enfin, perspective si éblouissante
qu'on n'ose y croire, perspective d'un but difficile à
réaliser assurément, mais d'un but bien réel, qui n'a
plus rien de décevant, qui, si on l'approche, ne saurait reculer. N'y a-t-il pas là de quoi électriser tous

les cœurs ? Après avoir assis la Paix dans les limites
d'un fleuve, tel que le Nil ou le fleuve Amour, ou sur
le littoral d'une petite mer, après avoir été, comme
l'a montré Metchnikoff — et comme l'expliquent à
merveille les lois du rayonnement imitatif — fluvia-
tile, puis méditerranéenne, la civilisation devient océa-
nique, c'est-à-dire planétaire, et c'est maintenant que,
l'ère de ses crises de croissance étant close, sa grande
floraison peut commencer.

Il est vrai qu'alors même que la guerre aura pris
fin, toute lutte douloureuse entre hommes n'aura
point disparu. Il en est d'autres formes, la concurrence notamment. Mais à la concurrence aussi,
opposition sociale d'ordre économique, et non plus
politique, ce qui vient d'être dit peut être appliqué.
Comme la guerre, la concurrence va du petit au
grand, du très petit très nombreux au très grand très
peu nombreux. La concurrence, dès son début, se
présente sous trois espèces : la concurrence entre les
producteurs du même article, la concurrence entre
les consommateurs du même article, et la concurrence entre producteur et consommateur, vendeur
et acheteur du même article. Car, s'il s'agit d'articles
différents, il n'y a nulle opposition réciproque des

désirs; il **y a** plutôt adaptation **réciproque,** quand les articles sont susceptibles de s'échanger.

Mais, d'abord, puisque nous touchons là à un sujet des plus délicats et qu'il ne nous convient de l'aborder pour le moment que par un côté spécial, en dehors de tout parti pris collectiviste ou autre, faisons quelques observations d'une vérité non douteuse. *Concurrence* est un mot ambigu qui signifie à la fois ou tour à tour *concours* et *lutte*, et c'est pourquoi la dispute s'éternise entre ceux qui maudissent justement cette chose équivoque, dont ils n'envisagent que le côté opposition, et ceux qui non moins justement la louent à raison des inventions civilisatrices qu'elle a suscitées, envisagée par son côté adaptation. Mais c'est sous son aspect défavorable que nous la considérons ici.

Il n'est nullement essentiel aux désirs des divers consommateurs ou des divers producteurs d'un même objet, ni même aux désirs des uns confrontés avec les autres, de se combattre, de se contredire. Producteur et acheteur sont toujours d'accord en ce sens que l'un veut acheter ce que l'autre veut vendre, il est vrai pas toujours au même prix, mais il est toujours un prix qui les accorde et met fin au débat entre eux. Les désirs des producteurs n'ont rien non plus de con-

traire, tant que chacun d'eux a sa clientèle et son
débouché, momentanément inextensibles comme sa
production; ils ne deviennent contradictoires qu'au
fur et à mesure que, les moyens de production venant
à s'étendre, chacun d'eux désire produire plus et
s'approprier la production d'autrui. Il est vrai que, la
civilisation ayant pour effet d'agrandir sans cesse les
moyens d'action, cette lutte entre co-producteurs est
inévitable et doit devenir de plus en plus vive. Quant
aux désirs des consommateurs d'un article donné, on
peut dire que, loin de s'entre-nuire, les compétiteurs
à l'achat d'un même article s'entr'aident le plus souvent, quand la production de cet article est de nature
à marcher du même pas que sa consommation : car,
plus il y a de gens désireux d'acheter des bicyclettes,
plus le prix des bicyclettes s'abaisse. Les désirs des
consommateurs ne sont vraiment en contradiction
que dans le cas — assez fréquent pour les articles de
première nécessité et aussi pour les articles de grand
luxe — où il y a moins d'exemplaires de la chose
demandée qu'il n'y a de demandes et où ils ne sau-
raient se multiplier aussi rapidement que se multi-
plient, par la contagion de la mode, les désirs dont
elle est l'objet.

Cela dit, remarquons, **pour** revenir à notre idée de

tout à l'heure, que chacune des trois espèces de concurrence distinguées ici se conforme à la loi indi-
quée. Entre vendeur ou acheteur, les petits marchandages des tout petits marchés primitifs sont
incessants et innombrables ; peu à peu ils sont supprimés, mais pour être remplacés par ces grands
marchandages auxquels donne lieu, dans les conseils
municipaux, la fixation de la taxe municipale du blé
ou de la viande ; et, quand ceux-ci sont supprimés à
leur tour, c'est pour être remplacés par de plus
grands marchandages encore, par les discussions des
Chambres où se débattent des projets de loi qui tendent à favoriser, par l'imposition ou la suppression
de certains droits de douane, les intérêts de la masse
des producteurs ou ceux de la masse des consommateurs nationaux. Les sociétés coopératives dites de
consommation, c'est-à-dire où le consommateur et le
producteur ne font qu'un, sont nées du besoin de
mettre fin à l'espèce de concurrence dont il s'agit, et
elles vont se développant comme elles. — Entre ache-
teurs, la concurrence va aussi (1) s'élargissant : dans

(1) En temps de disette, de nos jours, il n'est pas un sac
de blé qui, dans le fond du dernier village de Crimée ou
d'Amérique, n'ait pour compétiteurs — non pas quelques
voisins, comme autrefois, — mais des marchands de toutes
les nations européennes ; de même qu'il n'est pas, en temps

les tout petits marchés primitifs, la compétition d'un
sac de blé, d'un tête de bétail, est restreinte à quelques personnes; à ces innombrables petites compétitions, qui se terminent soit par des unions d'inté-
ressés, soit trop souvent par de petites sociétés
locales d'accaparement, succèdent, quand les marchés commencent à s'étendre en se raréfiant, des
compétitions plus étendues, de plus en plus étendues,
qui aboutissent, elles aussi, tantôt à des unions importantes, telles que les syndicats agricoles, tantôt à
des sociétés d'accaparement plus vastes, aux *trusts* et
aux *kartells* gigantesques que l'on sait.

Mais arrivons à la concurrence la mieux étudiée,
et, en réalité, la plus intense, parce qu'elle est la plus
consciente, celle des producteurs entre eux. Elle
commence par des rivalités sans nombre entre des
petits marchands se disputant des marchés minuscules, primitivement juxtaposés et à peu près clos les
uns aux autres; mais, à mesure que ceux-ci, par
l'abaissement de leurs barrières, se confondent en

ordinaire, de tableaux de maître, de vieux livres, pour l'a-
chat desquels, dans le plus obscur des châteaux français,
on n'ait à redouter maintenant, non plus quelques amateurs
du voisinage, ou de la province, ou de la France entière,
mais des milliardaires américains.

TARDE. — Les Lois sociales.   6

marchés plus grands et moins nombreux, les petites
boutiques rivales se fusionnent aussi, soit de gré soit
par force, en fabriques plus grandes et moins nombreuses, où le travail producteur, qui naguère était
jalousement opposé à lui-même, est à présent harmonieusement coordonné ; et la rivalité de ces fabriques reproduit, sur une plus grande échelle, celle
des boutiques d'autrefois : jusqu'à ce qu'on arrive,
par l'agrandissement graduel des marchés, qui tendent à devenir le marché unique, à quelques géants
de l'industrie et du commerce, qui rivalisent aussi
entre eux, à moins qu'ils ne s'entendent.

En somme, la concurrence se développe par cercles
concentriques qui vont s'élargissant. Mais l'élargissement de la concurrence a pour condition et pour
raison d'être l'élargissement de l'association. De
l'association ou du monopole, objectera-t-on. Soit,
mais le monopole n'est qu'une des deux solutions
que le problème de la concurrence comporte, de
même que l'unité impériale n'est qu'une des deux
solutions du problème de la guerre. L'un de ces pro-
blèmes peut se résoudre par l'association des individus comme l'autre par la confédération des peuples.
Du reste, le monopole même, à force de s'étendre,
s'adoucit, et, s'il devenait universel, dans certaines

espèces de production — terme où il tend et que
M. Paul Leroy-Beaulieu a tort, je crois, de juger à
jamais et absolument inaccessible (1), — il serait
probablement plus supportable dans certains cas
que l'état de concurrence aiguë auquel il aurait été
substitué. La concurrence tend à une monopolisation
au moins partielle et relative ou à une association de

(1) Un monopole est toujours partiel et relatif. Sans
doute, M. Paul Leroy-Beaulieu a raison de dire que la concurrence n'aboutit jamais au monopole *absolu et complet*,
et l'exemple qu'il cite, celui des grands magasins, du Bon
Marché par exemple, qui, après avoir supprimé la concurrence de tant de petites boutiques, a vu surgir celle du
Louvre, du Printemps, de la Samaritaine, etc., semble à
première vue des plus probants. Mais, en réalité, *dans un
certain rayon* et *dans une certaine mesure*, chacun de ces
colosses du commerce a monopolisé une situation que des
milliers de petits magasins se disputaient; chacun d'eux à
sa clientèle propre en province et qui, pour des raisons
quelconques, de caprice ou de mode, lui est acquise exclusivement. Le plus souvent, c'est tout simplement parce qu'il
a la réputation, *sur tel article*, de l'emporter en qualité sur
ses concurrents. En réalité, cette soi-disant concurrence que
les grands magasins se font entre eux (outre qu'elle peut
facilement être tempérée, atténuée par des ententes entre
eux, beaucoup plus faciles, vu leur petit nombre, qu'elles
ne l'étaient entre les petits magasins très nombreux auxquels ils se sont substitués), cette concurrence tend à
devenir de plus en plus une simple division du travail, ou
plutôt une répartition de monopoles partiels qu'ils se sont
partagés où qu'ils se partagent peu à peu.

concurrents, comme la guerre tend à l'écrasement
du vaincu, ou à un bon traité avec lui, et, dans les
deux cas, à une pacification au moins partielle et
relative aussi. A cela ont servi les agrandissements
des États conquérants. Les grands États modernes,
en prenant la place des fiefs du moyen âge, ont fait
régner une paix bien incomplète, je le sais, et bien
courte jusqu'ici, mais dont l'étendue et la durée
vont grandissant, comme les armements grandioses
de l'heure présente. Nier que la concurrence abou-
tisse au monopole (ou à l'association) et se persuader
qu'on prend ainsi la défense de la concurrence
contre ses détracteurs, c'est repousser au contraire
la seule excuse qu'elle puisse alléguer : c'est comme
si, pour défendre le militarisme contre les attaques
dont il est l'objet, on s'évertuait à démontrer qu'il
n'est pas vrai que la guerre porte la paix dans ses
flancs à la suite de la victoire. La guerre, il est vrai,
ne traverse la paix que pour renaître de la paix
même et sur une plus grande échelle, et, de même,
la concurrence ne s'apaise momentanément dans
l'association que pour renaître de l'association même
sous la forme de rivalités entre associations, entre
corporations, entre syndicats, et ainsi de suite ; mais
on arrive ainsi, finalement, à des associations géantes

qui, ne pouvant plus grandir, ne pourront, après s'être combattues, que s'associer.

Il est une troisième grande forme de la lutte sociale, la *discussion*. Sans doute, elle est impliquée dans les précédentes, mais, si la guerre et la concurrence sont des discussions, l'une est une discussion en actes meurtriers, l'autre en actes ruineux. Disons un mot de la discussion en paroles purement et simplement. Celle-ci aussi, quand elle évolue, — car il y a beaucoup de petites discussions privées qui n'évoluent pas et qui meurent sur place, fort heureusement — évolue comme il vient d'être dit, quoique ici le phénomène soit moins visible. C'est, ne l'oublions pas, quand la discussion mentale a pris fin entre deux idées contradictoires d'un même cerveau, que la discussion verbale est possible entre deux hommes qui ont résolu la question différemment. De même, si la discussion verbale, ou écrite, ou imprimée, entre groupes d'hommes, et entre groupes de plus en plus étendus, se substitue à la discussion verbale entre deux hommes, c'est à la condition qu'elle se soit terminée dans chacun de ces groupes par un accord relatif et momentané, par une sorte d'unanimité, morcelée d'abord en une multitude de petites coteries, de petits clans, de petites églises, de petites agoras, de petites écoles qui se combattent, et, enfin, après bien des polémiques, concentrée en un très petit nombre de grands partis, de grandes religions, de grands groupes parlementaires, de grandes écoles de philosophie ou d'art entre lesquels se livrent les suprêmes combats. N'est-ce pas ainsi que l'unanimité catholique s'est peu à peu établie? N'est-ce pas, dans les deux ou trois premiers siècles de l'Église, par d'innombrables discussions très vives, parfois sanglantes, entre les fidèles de chaque église locale, qui finissaient par s'accorder en un petit credo, mais dont le credo, en désaccord sur quelques points avec celui d'églises voisines, donnait lieu à des colloques, à des conciles provinciaux, qui résolvaient ces difficultés, sauf à se contredire parfois entre eux et à transporter leurs querelles au sein de conciles nationaux ou œcuméniques ? L'unanimité politique de l'ancienne France, sous forme monarchique, s'était faite de même, et l'unanimité politique de la France nouvelle, en un sens démocratique, est en train de se faire pareillement. Ce que j'appellerais volontiers l'unanimité linguistique, c'est-à-dire l'unité de la langue nationale, à la suite de rivalités entre dialectes et de provincialismes rebelles au purisme orthodoxe, **ne** s'est pas établit autrement. L'unanimité juridique s'est faite depuis longtemps d'une manière analogue, par d'innombrables coutumes locales apaisant séparément des milliers de discussions de droit (pas toutes, les procès le montrent), coutumes elles-mêmes en conflits, mais accordées en quelques coutumes régionales, qu'une législation uniforme a enfin remplacées. L'unanimité scientifique, opérée lentement, dans une large mesure, par une série de discussions apaisées et renaissantes entre savants, entre écoles scientifiques, donnerait lieu à des considérations pareilles.

Parmi toutes les formes de discussion, il en est une, la discussion judiciaire, le procès (civil ou commercial), qui se signale à l'attention. Est-il vrai que le procès aille aussi s'élargissant, et, par ses agrandissements mêmes, coure à son apaisement ? Oui, si étrange que cette proposition, de prime abord, puisse paraître. D'abord, il est certain que, chez les peuples primitifs, les procès ne diffèrent pas des guerres privées, et, de fait, sans la présence souveraine de l'État-juge, la plupart des différends entre plaideurs se termineraient par des coups. Les procès sont des duels atténués, des guerres embryonnaires. Et, réciproquement, les guerres sont des procès de nations,

procès parvenus à leur développement naturel par
l'absence d'une autorité supra-nationale. Si donc on
compare les querelles judiciaires d'à présent, devant
nos tribunaux, à celles du moyen âge, où les parties
étaient des champions armés, et à celles des tribus
germaines, on se convaincra que l'ardeur litigieuse
n'a cessé de s'adoucir. Et j'ajoute qu'elle s'est adoucie par ses élargissements mêmes. On peut dire, en
effet, que les questions de droit se sont élargies à
mesure que les coutumes locales ont fait place aux
coutumes provinciales, et enfin aux lois nationales :
à chaque degré de l'unification juridique, chaque
forme de procès, c'est-à-dire chaque difficulté de
droit, donnant lieu à deux opinions diamétralement
contraires, prend un caractère plus général. Or c'est
en se généralisant de la sorte que chaque espèce de
discussion judiciaire aboutit à son terme final, qui
est un arrêt de la Cour suprême tarissant la source
de ce genre de procès. Combien de sources pareilles
ont été taries au cours même de notre siècle !

M'objectera-t-on, par hasard, que les peuples, à
mesure qu'ils se civilisent, deviennent de plus en
plus discuteurs, et que, loin de se substituer aux discussions verbales privées, les discussions publiques,
les polémiques de presse, les débats parlementaires,

ne font que les alimenter ? L'objection serait sans
portée. Si les sauvages et les barbares discutent peu
— et c'est fort heureux, car la plupart de leurs discussions dégénèrent en querelles et en combats, — c'est
qu'ils ne parlent et ne pensent pour ainsi dire pas.
Vu le nombre infiniment petit de leurs idées, on peut
être surpris qu'elles se heurtent relativement si souvent. Et on peut être stupéfait de voir si processifs
des gens qui ont si peu d'intérêts différents. Au contraire, il y a une chose qu'on devrait admirer, et
qu'on ne remarque point, c'est que, dans nos villes
civilisées, en dépit du flot abondant d'idées roulées
en nous par la conversation et la lecture, il y ait, en
somme, si peu de discussions, et des discussions si
peu vives. On devrait être ébahi de voir cela, de voir
les hommes tant penser, tant parler et si peu se contredire, tant agir et si peu plaider, comme de voir si
peu d'accidents de voitures dans nos rues si ani-
mées et si encombrées, et comme de voir si peu de
guerres éclater en nos temps de relations interna-
tionales si compliquées et si étendues! Et qu'est-ce
qui nous a mis à peu près d'accord sur tant de
points ? Ces trois grandes choses, élaborées successivement par des discussions séculaires : la Religion,
la Jurisprudence, la Science. — Remarquons aussi

qu'en pays civilisé, les discussions publiques l'emportent beaucoup en importance, en intérêt poignant, en vivacité même, sur les discussions privées, et que c'est l'inverse en pays barbare. Nos séances parlementaires sont d'une violence croissante pendant que le ton des discussions de café et de salon s'adoucit.

En résumé, l'opposition-lutte, dans nos sociétés humaines, sous ses trois formes principales, guerre, concurrence, discussion, se montre à nous comme obéissant à la même loi de développement par voie d'apaisements intermittents et grandissants qui alternent avec des reprises de discorde amplifiée et centralisée, jusqu'à l'accord final, au moins relatif. De là il résulte déjà — et nous avons bien d'autres raisons de le penser — que l'opposition-lutte ne joue dans le monde social, comme dans le monde vivant ou le monde inorganique, que le rôle de moyen terme, destiné à disparaître progressivement, à s'épuiser et s'éliminer par ses propres agrandissements, qui sont une course après sa propre destruction. Et le moment est venu de dire, en effet, ou de redire plus explicitement, quel est le vrai rapport de ces trois grands aspects scientifiques de l'univers, que j'ai appelés Répétition, Opposition, Adaptation des phénomènes.

Les deux derniers procèdent du premier, et le second est d'ordinaire, pas toujours, l'intermédiaire entre le premier et le troisième. C'est parce que les forces physiques se propagent ou tendent à se propager en progression géométrique par leur répétition ondulatoire, qu'elles interfèrent ou aussi bien qu'elles s'adaptent en se combinant ; et leurs interférences-chocs ne semblent servir qu'à préparer leurs interférences-alliances, leurs combinaisons. C'est parce que les espèces vivantes tendent à se propager en progression géométrique par la répétition héréditaire de leurs exemplaires individuels, qu'elles interfèrent soit en croisements heureux et féconds soit en combats pour la vie si bien étudiés par les darwiniens qui n'ont aperçu l'interférence vitale que par son côté meurtrier, où ils ont vu, avec une exagération manifeste, l'unique ou le principal procédé de la création de nouvelles espèces, c'est-à-dire de la réadaptation des espèces anciennes Et c'est aussi parce que les choses sociales quelconques, un dogme, une locution, un principe scientifique, un trait de mœurs, une prière, un procédé industriel, etc., tendent à se propager géométriquement par répétition imitative, qu'elles interfèrent elles-mêmes heureusement ou malheureusement, c'est-à-dire qu'elles se rencontrent par leur

côté dissonant dans certains cerveaux, où elles donnent lieu aux duels logiques ou téléologiques, premier germe des oppositions sociales, des guerres, des
concurrences, des polémiques, et que, par leur côté
harmonisable, elles se rencontrent dans des cerveaux
de génie, ou même dans des cerveaux ordinaires, en
véritables hymens logiques, en inventions, en initia-
tives fécondes, source de toute adaptation sociale.

Ce sont là trois termes d'une série circulaire, susceptible de tourner sans fin. Car c'est en se répétant
par l'imitation que l'invention, l'adaptation sociale
élémentaire, se répand et se fortifie et tend par la
rencontre de l'un de ses rayons imitatifs avec un
rayon imitatif émané de quelque autre invention ancienne ou nouvelle, à susciter soit de nouvelles
luttes, soit, directement ou à travers ses luttes, de
nouvelles inventions plus complexes, bientôt rayon-
nantes aussi imitativement, et ainsi de suite à l'infini. — Notons que le duel logique, de même que
l'hymen logique, l'élément social de l'opposition-
lutte, comme l'élément social de l'adaptation, a besoin de la répétition imitative pour se socialiser,
pour se généraliser et croître. Mais il y a cette différence que la propagation imitative de l'état de discorde intérieure entre deux idées ou même de l'état

de discorde extérieure entre deux hommes ayant fait
choix l'un d'une de ces idées, l'autre de l'autre, doit
fatalement user et faire cesser cette discorde au bout
d'un temps, puisque tout combat est épuisant et
aboutit à une victoire ; tandis que la propagation
imitative de l'état d'harmonie à la fois interne et
externe réalisé par l'illumination d'une vérité nouvelle, synthèse de nos connaissances antérieures et
communion de notre esprit avec tous les esprits qui
la voient luire, n'a aucune raison de s'arrêter et se
fortifie en avançant. Des trois termes comparés,
donc, le premier et le dernier dépassent beaucoup le
second en hauteur, en profondeur, en importance, et
peut-être en durée. La seule utilité du second, de
l'opposition, c'est de provoquer une tension des
forces antagonistes propres à susciter le génie in-
ventif, l'invention militaire qui, en donnant la victoire à un camp, met fin momentanément à la
guerre — l'invention industrielle qui, adoptée ou
monopolisée par l'un des rivaux de l'industrie, lui
assure le triomphe, et met fin momentanément à la
concurrence — l'invention philosophique, scientifique, juridique, esthétique, quelconque, qui vient
trancher brusquement d'innombrables discussions,
sauf à en faire naître plus tard de nouvelles. Voilà la

seule utilité, la seule raison d'être de l'opposition, mais combien de fois l'invention qu'elle appelle ne répond-elle pas! Combien de fois la guerre fauche-t-elle le génie au lieu de le stimuler! Et combien de talents stérilisés par les polémiques de presse, par les débats parlementaires, par la vaine escrime même des Congrès! Tout ce qu'on peut dire — et qui vient à l'appui de ce qui précède, — c'est que l'ordre historique de prépondérance successive des trois formes de la lutte est précisément celui de leur aptitude à stimuler l'inventivité : de l'ère où la guerre est prépondérante, en effet, on passe à une phase où c'est la concurrence qui prédomine, et enfin la discussion. Dans une société qui se civilise, en outre, l'échange se développe plus vite que la concurrence, la conversation plus vite que la discussion, et l'internationalisme plus vite même que le militarisme.

Nous ne venons de parler que des oppositions-luttes, de celles qui ont lieu entre deux termes simultanés qui se heurtent. Quant aux oppositions-rythmes, qui consistent en termes successifs, qualités ou quantités, n'importe, en hausse suivie de baisse ou en aller suivi de retour et vice versa, il

semble, à première vue, que ces dernières soient
moins énigmatiques que les autres, puisqu'elles ne
sont point des paralysies et des destructions mutuelles de forces. Mais, à y regarder de près, ce va-et-
vient de forces qui font tour à tour le pour et le
contre, ou disent le oui ou le non, est encore plus difficile à comprendre que le choc de deux forces qui
se rencontrent et s'équilibrent, car, au moins, ces
interférences destructives ont-elles un caractère acci-
dentel, non voulu, et nous savons qu'elles sont presque inséparables des interférences créatrices, comme
l'ombre du corps ; sans compter que l'équilibre en nous
et la neutralisation réciproque de tendances contraires,
de suggestions rivales du dehors, permet à notre
originalité naturelle de se faire jour, et c'est là peut-
être une des meilleures justifications de la lutte en
général. Mais le rythme semble être un jeu normal
où les forces se complaisent et qu'elles ont voulu,
soit qu'il s'agisse du rythme qualitatif ou du
rythme quantitatif. Et j'avoue que, s'il y avait de sé-
rieuses raisons de penser que ce va-et-vient, ce ba-
lancement puéril, eût lieu en grand, c'est-à-dire que
la dissolution fût précisément l'inverse de l'évolution,
la régression de la progression, et que tout se remît
ensuite à recommencer indéfiniment sans nulle orien-

tation d'ensemble, je serais pris d'un désespoir s'' ∘
penhauerien. Mais, par bonheur, il n'en est rien, et ∘
rythme n'apparaît partout, le rythme un peu précis,
régulier, vraiment digne de ce nom, que dans le détail des phénomènes, comme une condition même de
leur répétition précise, et, par leur répétition, de leur
variation. La gravitation d'un astre ne se répète qu'à
raison même de son aller et retour elliptique ; une
onde sonore, une onde lumineuse, ne se répète qu'à
raison d'un aller et retour rectiligne ou circulaire ou
elliptique aussi ; la contraction d'un élément muscu-
culaire, l'innervation d'un élément nerveux, ne se
propage non plus dans un muscle ou le long d'un
nerf que moyennant un petit processus circulaire
qui revient à son point de départ ; et Baldwin a
montré récemment que l'imitation est aussi « une
réaction circulaire » et qu'on peut la définir : « une
réaction musculaire qui cherche à atteindre les stimulus capables de *ramener* les mêmes états, qui, à
nouveau, tendront aux mêmes stimulus et ainsi de
suite ». Dans le livre d'où j'extrais cette citation, il
étend le mot imitation bien au delà de l'acceptation
que je lui avais assignée, et, le généralisant au point
d'y faire rentrer à la fois tout le fonctionnement vital
comme tout le fonctionnement social, il écrit : «Le type

des réactions ou répétitions *circulaires*, que nous nom-
mons imitation, est un type fondamental, toujours le
même et commun à toute l'activité motrice. » —
Mais la répétition, le pas régulier des phénomènes,
n'est que la condition de leur itinéraire, de leur évolution, toujours plus ou moins irrégulière et pittoresque, et de plus en plus à mesure qu'elle se pro-
longe. Or l'aller et le retour rythmique ne présentent
quelque précision que dans le pas, nullement dans
l'itinéraire. Il en est ainsi, même du rythme quantitatif, de ces hausses et de ces baisses générales que
la statistique permet de mesurer dans le cours d'une
civilisation en voie de développement. Il est extrêmement rare ici que l'augmentation et la diminution
constatées soient égales et semblables, que les courbes
ascendantes de la richesse, par exemple, du prix
des valeurs de Bourse, de la foi religieuse, de l'instruction, de la criminalité, etc., se reflètent renver-
sées dans des courbes descendantes de même nature
et de même allure. Cela est bien connu des statisti-
ciens. J'ai noté ailleurs le caractère irréversible d'une
foule d'évolutions sociales, et précisément des plus
importantes. Je n'y reviendrai pas.

Concluons que, sous ses deux grandes formes, l'opposition révèle et accentue toujours davantage son

caractère simplement auxiliaire et intermédiaire :
comme rythme, elle ne sert qu'à la répétition directement, à la variation indirectement, et disparaît quand
celle-ci apparaît. Comme lutte, elle n'est bonne qu'à
provoquer l'adaptation, dont nous allons nous occu-
per maintenant.

CHAPITRE III

Les explications données dans les deux précédentes leçons nous ont déjà préparés à comprendre le véritable sens de ce mot « adaptation », qui exprime le plus profond aspect sous lequel la science envisage l'univers. Ici encore nous allons voir que l'évolution de la science, en n'importe quel ordre de réalités, consiste à passer du grand au petit, du vague au précis, du faux ou du superficiel au vrai et au profond, c'est-à-dire à découvrir ou à imaginer d'abord une immense harmonie d'ensemble ou quelques grandes et vagues harmonies extérieures auxquelles on substitue peu à peu d'innombrables harmonies intérieures, un nombre infini d'infinitésimales et fécondes adaptations. Nous allons voir aussi que l'évolution de la réalité, précisément inverse ici, comme ailleurs, de celle de la connaissance, consiste en une ten-

dance incessante des petites harmonies intérieures à
s'extérioriser et à s'amplifier progressivement. — In-
cidemment, nous ne manquerons pas de noter,
comme nous l'avons fait plus haut, que, si le progrès du
savoir nous fait découvrir des harmonies nouvelles
et plus profondes, il nous révèle aussi bien des dysharmonies inaperçues et plus profondes elles-mêmes.

Mais d'abord commençons par quelques définitions
ou explications nécessaires. Qu'est-ce, au juste,
qu'une adaptation, une harmonie naturelle ? Prenons
un exemple, en dehors de la vie, où le lien téléologique de l'organe à la fonction est si clair qu'il n'a
pas besoin d'être expliqué : soit le bassin d'un fleuve.
On voit ici une montagne ou une chaîne de collines
adaptée à l'écoulement des eaux du fleuve, et les
rayons du soleil adaptés au soulèvement des eaux de
l'Océan en nuages, puis les vents adaptés au transport de ces nuages vers les cimes des monts, d'où ils
retombent en pluies et entretiennent les sources, les
ruisseaux, les rivières, affluents du grand cours
d'eau. Il y a donc équilibre mobile, circuit d'actions
enchaînées et se répétant — se répétant avec variations. — Un être vivant, pourrait-on dire, est un circuit pareil, seulement beaucoup plus compliqué et
où l'adaptation est non pas unilatérale, comme dans

l'exemple cité, mais réciproque. L'organe sert à l'accomplissement de la fonction vivante, et réciproquement la fonction vivante sert à l'entretien de l'organe ; mais, dans le régime des eaux de la planète, si la montagne est adaptée à l'écoulement des eaux, l'écoulement des eaux, loin de servir à maintenir la montagne, a pour effet de la dénuder et, peu à peu, de la supprimer. C'est aussi sans nulle réciprocité que la chaleur solaire est adaptée à l'irrigation du sol.

C'est toujours, rappelons-le, une harmonie qui se répète. On vient de le voir, montrons-le par d'autres exemples. Chaque planète d'un système solaire, considérée mécaniquement, c'est-à-dire comme un point qui se meut, présente le spectacle d'une harmonie entre son penchant à tomber sur le soleil et sa tendance à s'en écarter tangentiellement : il y aurait opposition si ces deux forces centripètes et centrifuges tendaient à s'exercer sur la même ligne droite, mais, comme elles sont perpendiculaires l'une à l'autre, il y a adaptation. (Opposition et adaptation se transforment ainsi l'une en l'autre dans la nature.) (1) Or la gravitation de la planète est la répé-

(1) Une trombe, un cyclone, est aussi une harmonie atmosphérique, un circuit d'actions dû à l'accord de deux forces qui ne s'entravent pas, mais se complètent en leur résultante.

7.

tition, la répétition variée, de cette adaptation mécanique. Considérée même géologiquement, au point
de sa composition stratigraphique et physico-chi-
mique, une planète est un agencement très harmonieux de strates superposées, et, si l'on en croit sur
ce point M. Stanislas Meunier, cet agencement se
répéterait dans chaque planète, il se répéterait même
dans la constitution générale du système solaire ; car
une coupe théorique de la terre donne, du centre à
la circonférence, une succession de couches incandes-
centes, puis solidifiées, puis liquides, puis gazeuses,
chacune nécessaire à la suivante, et cette succession
est analogue à celle des natures d'astres qu'on trouve
en partant du soleil comme centre et allant jusqu'aux
extrémités du système, jusqu'à Neptune, qui est
gazeux. Peu nous importe, du reste, la vérité de cette
analogie.

Un agrégat quelconque est un composé d'êtres
adaptés ensemble soit les uns aux autres, soit ensemble à une fonction commune. Agrégat signifie
adaptat. Mais, en outre, divers agrégats qui ont des
rapports ensemble peuvent être co-adaptés, ce qui
constitue un adaptat d'un degré supérieur. On pourrait
distinguer ainsi une infinité de degrés. Pour plus de
simplicité, distinguons seulement deux degrés de l'a-

daptation. L'adaptation du premier degré est celle que présentent entre eux les éléments du système que l'on considère ; l'adaptation du second degré est celle qui les unit aux systèmes qui les entourent, à ce qu'on appelle, d'un mot bien vague, leur milieu. L'ajustement à soi diffère ainsi beaucoup, en tout ordre de faits, de l'ajustement à autrui, comme la répétition de soi (habitude) diffère de la répétition d'autrui (hérédité ou imitation), comme l'opposition avec soi (hésitation, doute) diffère de l'opposition avec autrui (lutte, concurrence). Souvent ces deux sortes d'adaptation sont dans une certaine mesure exclusives l'une de l'autre ; en fait de constitutions politiques, on a fréquemment remarqué que les plus cohérentes avec elles-mêmes, les plus logiquement déduites, présentant au plus haut point les caractères de l'adaptation du premier degré, étaient les moins adaptées aux exigences de leur milieu traditionnel et coutumier, et, réciproquement, que les plus pratiques étaient les moins logiques. La même remarque est applicable aux grammaires des langues, aux religions, aux beaux-arts, etc. : la seule grammaire parfaite, aux règles sans nulle exception, c'est celle... du volapück. Elle est applicable aussi bien aux organismes : il en est de parfaits, à cela près qu'ils ne sont point viables.

et qui seraient plus viables s'ils étaient moins parfaits. La perfection de l'accommodation peut nuire à
sa souplesse (1).

Ces préliminaires indiqués, montrons la vérité de
nos deux thèses, énoncées plus haut. Les partisans
des causes finales ont fait tout ce qu'ils ont pu pour
discréditer l'idée de finalité. Il n'en est pas moins
certain que c'est du moment où l'on introduit cette
notion, même sous sa forme mystique et la moins
rationnelle, dans la conception du monde, que date
le premier balbutiement de la science. A la vue de
l'univers étoilé, qu'a rêvé la conscience primitive ?
Une adaptation immense, unique, chimérique, née
de l'illusion qu'on a appelée géocentrique : toutes les

(1) Une vue de l'esprit, une *idée*, étant donnée, le progrès
intellectuel à partir de cette idée (mélange de vérité et d'erreur en général) peut se faire en deux sens différents :
1° dans le sens d'une adaptation du premier degré seulement, c'est-à-dire d'une harmonisation graduelle de cette
idée avec elle-même, de sa différenciation et de sa cohésion
interne (développement de beaucoup de théologies et de
métaphysiques); 2° dans le sens d'une adaptation du second degré, c'est-à-dire d'une harmonisation graduelle de
cette idée avec les données des sens, avec les apports ex-
térieurs de la perception et de la découverte (développement scientifique). — Dans le premier cas, le progrès consiste souvent à passer d'une erreur moindre à une erreur
plus grande.

étoiles sont *pour* la terre ; la terre et, sur la terre, une ville, un bourg, sont le point de visée du firmament qui s'inquiète perpétuellement de la destinée de ces êtres éphémères que nous sommes. L'astrologie a été le développement logique de cette grandiose et imaginaire adaptation du ciel à la terre et à l'homme. L'astronomie véritable a non seulement fait évanouir cette absurde harmonie, mais elle a brisé l'unité de l'harmonie céleste, elle l'a morcelée en autant d'harmonies partielles qu'il y a de systèmes solaires, séparément cohérentes, symétriquement coordonnées, mais reliées entre elles par des liens bien douteux et bien vagues, groupés en nébuleuses informes, en constellations disséminées, étincelant désordre. Amoureuse de l'ordre, comme elle l'est avant tout, la raison humaine a donc dû renoncer à chercher dans le groupe total du monde, dans le Cosmos, le plus haut objet de son admiration, les traits les plus marqués d'une coordination divine. Elle a dû descendre au système solaire pour les trouver, et là, à mesure qu'elle a mieux connu ce petit monde, ce n'est pas tant l'ensemble que les détails de ce beau groupement de masses qui a provoqué son ravissement. Plus que les rapports des planètes entre elles, le rapport de chacune d'elles avec ses satellites, et,

mieux encore, sur la surface de chacun de ces globes,
sa formation géologique, le régime de ses eaux, sa
composition chimique, l'ont frappée de surprises, lui
ont révélé un accord étroit. Ce n'est plus vers l'immense coupole des cieux que doit se tourner dorénavant l'âme religieuse pour y adorer la sagesse profonde qui meut ce monde ; c'est plutôt dans le creu-
set du chimiste qu'elle doit regarder pour y scruter le
mystère de ces harmonies physiques les plus précises
assurément et les plus merveilleuses de toutes, plus
admirables que le pêle-mêle étoilé : les combinaisons
chimiques. Si, moyennant un microscope assez fort,
nous pouvions percevoir l'intérieur d'une molécule,
combien l'enchevêtrement prodigieux des mouvements
elliptiques ou circulaires qui probablement la constituent nous semblerait plus fascinateur que le jeu,
assez simple après tout, des grandes toupies célestes !

Si du monde physique nous passons au monde vivant, ici encore nous constatons que la première démarche de la raison a été de concevoir une grandiose
et unique adaptation, celle de la création organique
tout entière, végétale ou animale, aux destins de
l'humanité, à sa nourriture, à son amusement, à sa
protection, à l'avertissement de ses périls cachés. La

divination augurale et le totémisme, répandus chez
tous les peuples à l'origine, n'ont pas d'autre fondement. Et les progrès du savoir ont eu beau dissiper
cette illusion anthropocentrique, il en est resté
quelque chose dans l'erreur savante, si longtemps
régnante parmi les naturalistes philosophes, de se
représenter la série paléontologique comme une
ascension en droite ligne vers l'homme, et de regarder chaque espèce éteinte ou vivante comme une
note dans un grand concert qu'on appelait le Plan
divin de la nature, édifice idéal et régulier dont
l'homme était le sommet. Péniblement, à force de
démentis accumulés par l'observation, il a bien fallu
se déprendre d'une idée si chère et reconnaître que
ce n'est point du tout dans les grandes lignes de
l'évolution des êtres, si ramifiée et si tortueuse, ni
même dans les grands groupements de leurs espèces
différentes en une faune ou une flore régionale, malgré l'adaptation remarquable révélée par les cas de
commensalisme ou les rapports des insectes avec les
fleurs de certains végétaux, que la nature déploie le
plus sa merveilleuse puissance d'harmonie, mais que
c'est surtout dans les détails de chaque organisme.
Les *cause-finaliers*, je crois, ont compromis l'idée de
fin pour en avoir fait un emploi abusif, erroné, mais

non pas excessif ; au contraire, je leur reprocherais
plutôt d'en faire un usage beaucoup trop restreint,
avec leurs habitudes unitaires d'esprit. Il n'y a pas
une fin dans la nature, une fin par rapport à laquelle
tout le reste est moyen ; il y a une multitude infinie
de fins qui cherchent à s'utiliser les unes les autres.
Chaque organisme, et dans chaque organisme chaque
cellule, et, dans chaque cellule peut-être, chaque
élément cellulaire, a sa petite providence à soi et en
soi. Ici, donc, comme plus haut, nous sommes conduits à penser que la force harmonisante — celle du
moins dont la science positive a le droit de s'occu-
per, sans nier nullement la possibilité d'une autre —
est non pas immense et unique, extérieure et supérieure, mais infiniment multipliée, infinitésimale et
interne. La source, à vrai dire, de toutes les harmonies vivantes, de moins en moins saisissantes à mesure qu'on s'éloigne de ce point de départ et qu'on
embrasse un plus vaste champ, c'est l'ovule fécondé,
l'intersection vivante de lignées qui se sont rencon-
trées là, en un croisement parfois heureux, principe
de nouvelles aptitudes qui se répandront et se propa-
geront à leur tour, grâce à la sélection des plus
aptes ou à l'élimination des moins aptes.

Arrivons au monde social. Les théologiens, qui ont
de tout temps été les premiers sociologues, des sociologues sans le savoir, conçoivent souvent le réseau
de toutes les histoires des peuples de la terre comme
convergeant, depuis les débuts de l'humanité, vers
l'avènement de leur culte. Lisez Bossuet. La sociologie a eu beau ensuite se laïciser, elle ne s'est pas
affranchie du même genre de préoccupations. Comte
a magistralement transposé la pensée de Bossuet,
qu'il avait raison d'admirer : pour lui, toute l'histoire
de l'humanité converge vers l'ère et le règne de son
positivisme à lui, sorte de néo-catholicisme laïque.
Aux yeux d'Augustin Thierry, de Guizot, d'autres
historiens philosophes vers 1830, le cours tout entier
de l'histoire européenne ne paraissait-il pas conver-
ger... vers la monarchie de Juillet ? A vrai dire, ce
n'est pas la sociologie que Comte a fondée, c'est encore une simple *philosophie de l'histoire* qu'il nous
offre sous ce nom, mais admirablement déduite ;
c'est le dernier mot de la philosophie de l'histoire.
-Comme tous les systèmes qu'on a nommés ainsi, sa
conception nous déroule l'histoire humaine, cet éche-
veau si embrouillé, ou plutôt ce pêle-mêle confus
d'écheveaux multicolores, sous l'aspect d'une seule
et même évolution, seule et unique représentation

d'une sorte de trilogie ou de tragédie unique, agencée
suivant les règles du genre, où tout s'enchaîne, où
chacun des trois états enchaînés se compose de phases
liées les unes aux autres, chaque anneau adapté et
rivé exclusivement au suivant, où tout se précipite
irrésistiblement vers le dénouement final.

Avec Spencer, déjà, un grand pas est fait vers une
plus saine intelligence de l'adaptation sociale : ce n'est
plus à un Drame unique, c'est à un certain nombre
de Drames sociaux différents que sa formule de
l'évolution sociale est applicable. Les évolutionnistes
de son école, en formulant ainsi des lois du développement linguistique, du développement religieux, du
développement économique, politique, moral, esthétique, entendent aussi, implicitement du moins, que
ces lois sont susceptibles de régir non pas une seule
suite de peuples auxquels on réserve le privilège
d'être appelés historiques, mais tous les peuples qui
ont existé ou existeront. Seulement, sous forme multipliée et avec des dimensions moindres, c'est toujours
la même erreur qui se fait jour : celle de croire que,
pour voir peu à peu apparaître la régularité, l'ordre,
la marche logique, dans les faits sociaux, il faut sor-
tir de leur détail, essentiellement irrégulier, et s'éle-
ver très haut jusqu'à embrasser d'une vue panora-

mique de vastes ensembles; que le principe et la
source de toute coordination sociale réside dans quelque fait très général d'où elle descend par degré jusqu'aux faits particuliers, mais en s'affaiblissant sin-
gulièrement, et qu'en somme l'homme s'agite mais
une loi de l'évolution le mène.

Je crois le contraire en quelque sorte. Ce n'est pas
que je nie qu'il existe, entre les diverses et multi-
formes évolutions historiques des peuples, coulant
comme des rivières dans un même bassin, certaines
pentes communes ; et je sais bien que, si beaucoup de
ces ruisseaux ou de ces rivières se perdent en route,
les autres, par une suite de confluents, et à travers
mille remous, finissent par se confondre en un même
courant général, qui, malgré sa division en bras
divers, ne semble pas destiné à se fractionner en multiples embouchures. Mais je vois aussi que la véritable cause de ce fleuve final né de ces rivières, de
cette prépondérance finale d'une évolution sociale —
de celle des peuples appelés historiques — parmi toutes
les autres, est la série des découvertes de la science et
des inventions de l'industrie qui ont été s'accumulant
sans cesse, s'utilisant réciproquement, formant système et faisceau, et dont le très réel enchaînement dia-
lectique, non sans sinuosités non plus, semble se re-

fléter vaguement dans celui des peuples qui ont con-
tribué à le produire. Et, si l'on remonte à la source
véritable de ce grand courant scientifique et industriel, on la trouve dans chacun des cerveaux de génie,
obscurs ou célèbres, qui ont ajouté une vérité nouvelle, un moyen d'action nouveau, au legs séculaire
de l'humanité et qui, par cet apport, ont rendu plus
harmonieux les rapports des hommes en développant
la communion de leurs pensées et la collaboration de
leurs efforts. A l'inverse, donc, des philosophes dont
je viens de parler, je constate que le détail des faits
humains renferme seul des adaptations saisissantes,
que c'est là le principe des harmonies moindres per-
ceptibles dans un domaine plus vaste, et que, plus on
s'élève d'un petit groupe social très uni, de la famille,
de l'école, de l'atelier, de la petite église, du couvent,
du régiment, à la cité, à la province, à la nation, moins
la solidarité est parfaite et frappante. Il y a, en général, plus de logique dans une phrase que dans un
discours, dans un discours que dans une suite ou
un groupe de discours; il y en a plus dans un rite
spécial que dans tout un credo; dans un article de
loi que dans tout un code, dans une théorie scientifique particulière que dans tout un corps de
science; il y en a plus dans chaque travail exécuté

par un ouvrier que dans l'ensemble de sa conduite.

Il en est ainsi, remarquons-le, à moins qu'une individualité puissante ne soit intervenue pour réglemen-
ter et discipliner les faits d'ensemble. Dans ce cas, —
qui, d'ailleurs tend à devenir de plus en plus fréquent,
car la civilisation se caractérise par les facilités
qu'elle offre à un programme individuel de réorganisation sociale de se réaliser, — dans ce cas, il n'est
pas toujours vrai que l'harmonie des agrégats soit en
raison inverse de leur masse ; souvent même — et de
plus en plus souvent — les plus volumineux peuvent
être les plus harmonieux. Par exemple, l'administra-
tion française, organisée par le despotique génie de
Napoléon, est au moins aussi bien adaptée à son but
général que peut l'être le moindre de ses rouages au
but particulier de celui-ci ; le réseau du chemin de
fer de l'État prussien est aussi bien adapté à sa fin
stratégique que peut l'être à ses fins commerciales
ou autres chacune de ses gares ; le système de
Kant, celui de Hegel, celui de Spencer, sont aussi
cohérents dans leur ordonnance générale que le
sont quelques-unes des petites théories partielles qui
leur ont servi de matériaux. Une législation bien co-
difiée peut présenter autant d'ordre dans l'arrange-
ment de ses titres et de ses chapitres que chacune des

lois partielles qu'elle amalgame en présente dans le
lien de ses diverses dispositions ; et, quand une religion a été refondue par une vigoureuse théologie,
l'enchaînement de ses dogmes peut être ou paraître
plus logique que chacun d'eux pris à part. Mais,
comme il est facile de le voir, ces faits, en apparence
contraires à ceux que je viens d'énoncer plus haut,
concourent en réalité avec ceux-ci à montrer dans le
génie individuel la vraie source de toute harmonie
sociale. Car ces belles coordinations ont dû être
conçues bien avant d'être exécutées ; elles ont commencé par n'exister que sous la forme d'une idée
cachée dans quelques cellules cérébrales avant de
couvrir un territoire immense.

Dirons-nous maintenant que l'*adaptation sociale
élémentaire* est, au fond, celle de deux hommes dont
l'un répond, en parole ou en fait, à la question d'un
autre, verbale ou tacite ? Car la satisfaction d'un
besoin, tout comme la solution d'un problème, c'est
la réponse à une question. Dirons-nous donc que
cette harmonie élémentaire consiste dans le rapport
de deux hommes dont l'un enseigne et dont l'autre
s'instruit, dont l'un commande et dont l'autre obéit,
dont l'un produit et l'autre achète et consomme,
dont l'un est acteur, poète, artiste, et dont l'autre est

spectateur, lecteur, amateur ? ou bien, qui collaborent ensemble á la même œuvre ? Oui, et, quoique ce rapport implique celui de deux hommes dont l'un est modèle et l'autre copie, il en est bien distinct.

Mais, à mon avis, il faut pousser l'analyse plus loin encore et, comme je viens de l'indiquer, chercher l'adaptation sociale élémentaire dans le cerveau même, dans le génie individuel de l'inventeur. L'invention, — j'entends celle qui est destinée à être imitée, car celle qui reste close dans l'esprit de son auteur ne compte pas socialement — l'invention est une harmonie d'idées qui est la mère de toutes les harmonies des hommes. Pour qu'il y ait échange entre le producteur et le consommateur, et d'abord pour qu'il y ait don au consommateur de la chose produite (car l'échange est le don mutualisé et, comme tel, est venu après le don unilatéral), il faut que le producteur ait commencé par avoir à la fois deux idées, celle d'un besoin du consommateur, du donataire, et celle d'un moyen apte à le satisfaire. Sans cette adaptation intérieure de deux idées, l'adaptation extérieure appelée don, puis échange, n'eût pas été possible. De même, la division du travail entre plusieurs hommes qui se répartissent les diverses parties d'une même opération exécutée auparavant

par un seul n'eût pas été possible si celui-ci n'avait
eu l'idée de concevoir ces divers travaux comme les
parties d'un même tout, comme les moyens d'un
même but. Au fond de toute association entre
hommes, il y a, je le répète, originairement, une
association entre idées d'un même homme.

Qu'on ne m'objecte pas que cette adaptation des
idées les unes aux autres ne mérite le nom de sociale
que lorsqu'elle s'est exprimée en une adaptation des
hommes les uns aux autres. Souvent, en effet, elle
s'exprime autrement, et même, il semble que cet
autre genre d'expression tend à prévaloir. Après
qu'un travail fait par un seul homme a été remplacé
par une division du travail entre plusieurs hommes,
il arrive fréquemment qu'une nouvelle invention a
pour effet de faire accomplir par une seule machine
toutes les phases de l'opération. Dans ce cas, la
division du travail, l'association des travaux entre
hommes, n'a joué, entre l'association des idées dans
le cerveau du premier créateur de l'œuvre et l'association des ressorts dans la machine, que le rôle d'un
moyen terme. Ce n'est point alors dans le groupe
travailleur que s'est incarnée l'idée de génie, elle
s'est matérialisée dans des morceaux de fer ou de
bois. Et ce cas tend à se généraliser par les progrès

de la machinofacture. Supposez, — par impossible, — que toute la production humaine s'opère
ainsi, par les machines. Il n'y aura plus de division
du travail, puisqu'il n'y aura plus ou presque plus
de travail, et on peut dire, si l'on veut, qu'il n'y aura
plus d'harmonie sociale à proprement parler, mais il
n'y aura que plus d'unisson social; et cet unisson, bien plus désirable encore que cette harmonie.
n'aura-t-il pas été l'effet de ces innombrables et infinitésimales adaptations cérébrales? Où trouver des
facteurs sociaux plus puissants que ces faits, qui ne
seraient qu'individuels?

Nous venons de voir que l'évolution de la sociologie l'a conduite, ici comme ailleurs, à descendre
des hauteurs chimériques de causes grandioses et
vagues à d'infinitésimales actions réelles et précises.
Montrons à présent, ou plutôt indiquons — car l'espace nous manque pour une exposition détaillée, —
que l'évolution de la réalité sociale, précisément
inverse de celle de la science sociale, a consisté dans
leur passage graduel d'une multitude de très petites
harmonies à un nombre moindre de plus grandes et
à un très petit nombre de très grandes, jusqu'à ce
qu'on arrive, dans un avenir indéfini, à la consommation du progrès social en une civilisation unique et

totale, aussi harmonieuse que possible. Bien entendu, cette loi d'élargissement progressif ne doit pas s'entendre ici de la tendance à la diffusion imitative d'une invention ou d'un groupe d'inventions ; ce serait revenir à la loi de l'imitation, que nous connaissons déjà. Il ne s'agit pas même de l'agrandissement incessant que ce rayonnement imitatif procure à l'harmonie sociale qu'on appelle la division du travail et qui devrait s'appeler plutôt la solidarité des travaux. Une industrie restant la même, sans nul nouveau progrès, la coopération sociale qui en résulte grandit à mesure que, d'une part, les besoins de consommation auxquels elle répond, d'autre part les actes de production par lesquels elle y répond, se propagent par imitation au delà de la région, d'abord très circonscrite, où elle a pris naissance. Si important que soit le phénomène d'agrandissement des marchés, prélude habituel de la fédération des peuples, ce n'est pas celui dont il s'agit ici. A vrai dire, il est bien rare que, sans nul progrès intrinsèque de l'industrie, ce progrès extrinsèque puisse s'accomplir.

C'est de ce progrès intrinsèque que nous voulons parler, c'est-à-dire de la tendance d'une invention, d'une adaptation sociale donnée, à se compliquer et se grossir en s'adaptant à une autre invention, à une autre adaptation, et engendrant de la sorte une adaptation nouvelle qui, par d'autres rencontres et d'autres alliances logiques du même genre, conduira à une synthèse plus haute : et ainsi de suite. Ces deux progrès, le progrès d'une invention *en extension* par sa propagation imitative, et son progrès en *compréhension* en quelque sorte par une série d'hymens logiques, sont certainement très distincts, mais, loin d'être inverses (et malgré l'opposition habituelle à d'autres égards entre l'extension et la compréhension des idées), ils marchent de front et sont inséparables. A chaque alliance cérébrale de deux inventions en une troisième, quand, par exemple, l'idée de la roue et l'idée de la domestication du cheval, après s'être propagées indépendamment l'une de l'autre (pendant des siècles peut-être) se sont fusionnées et harmonisés dans l'idée du char, il a fallu nécessairement, pour les faire se rapprocher dans un même cerveau, le fonctionnement de l'imitation, comme il avait déjà fallu, pour l'apparition de chacune d'elles, que leurs éléments fussent apportés dans l'esprit de leurs auteurs par divers rayonnements d'exemples. Bien mieux, à chaque synthèse nouvelle d'inventions, il faut en général un rayon-

nement imitatif plus vaste que les précédents. Il y
a un entrelacement continuel de ces deux progres-
sions, la progression imitative, uniformisante, et la
progression inventive, systématisante. Elles sont liées
l'une à l'autre par un lien qui n'a rien de rigoureux
sans doute, — car, par exemple, une série assez
longue de théorèmes ardus a pu se dérouler dans le
cerveau d'un Archimède et d'un Newton sans nul
apport d'élément's fournis par des savants étrangers
dans l'intervalle de chacune de ces découvertes, —·
mais ce lien est assez habituel pour que nous nous
attendions toujours à voir l'étendue du champ social
et l'intensité des communications sociales, l'ampleur
et la profondeur des nationalités sinon des États,
grandir en même temps que la richesse des langues,
la beauté architecturale des théologies, la cohésion
des sciences, la complexité et la codification des lois,
l'organisation spontanée ou la réglementation des
travaux industriels, le régime financier, la coordination et la complication administratives, les raffine-
ments et la variété de la littérature et des beaux-arts.

Il n'en est pas moins vrai, encore une fois, qu'il
faut bien se garder de confondre, comme on le fait
souvent, le *progrès de l'instruction*, simple fait d'imitation, avec le *progrès de la science*, fait d'adapta-

tion ; ni le progrès de l'industrialisme avec le progrès de l'industrie même ; ni le progrès de la moralité avec le progrès de la morale ; ni ... progrès du militarisme avec le progrès de l'art militaire ; ni le progrès de la langue, en entendant par là son expansion territoriale, avec le progrès du langage, en entendant par là le raffinement de sa grammaire ou l'enrichissement de son dictionnaire. Si la science progresse pendant que l'instruction cesse de se répandre davantage, cela revient-il au même que si l'instruction se propage de plus en plus pendant que la science reste stationnaire, et peut-on dire que, dans les deux cas, il y a eu, pour parler vaguement, progrès des lumières ? Non, ce sont là deux choses sans commune mesure. Chaque gain de la science, chaque vérité qui s'ajoute à son agrégat, — à son *adaptat,* — de propositions d'accord entre elles, est non pas une simple addition, mais une multiplication plutôt, une confirmation réciproque. Mais chaque écolier nouveau qui s'ajoute aux autres, chaque nouvel exemplaire cérébral qu'on édite d'une science enseignée n'est qu'une unité de plus additionnée aux autres. Pour être exact, reconnaissons qu'il y a là quelque chose de plus qu'une addition : car la communion d'intelligence, qui résulte de là, par suite de la simi-

8.

litude de l'enseignement donné aux divers enfants, accroît en chacun d'eux sa confiance (1) en ses connaissances et est une adaptation sociale aussi, et non des moins précieuses.

Mais, avant d'aller plus loin, arrêtons-nous pour faire plusieurs remarques importantes. En premier lieu, notons à quel point l'idée d'adaptation devient plus précise et plus claire quand on passe du monde physique et même vivant au monde social. Savons-nous au juste ce que c'est que l'adaptation d'une molécule acide à la molécule basique avec laquelle elle se combine, ou ce que c'est que l'adaptation d'un grain de pollen à l'ovule qui, fécondé par lui, donnera naissance à un individu nouveau, souche

(1) Remarquons, en passant, que cette similitude des enseignements est complète à l'école primaire seulement, qu'elle est moindre à l'école secondaire, malgré l'uniformité des programmes du baccalauréat, et qu'elle est bien moindre encore aux écoles supérieures, où le désaccord libre des doctrines est si fréquent. Et le caractère subordonné et médiateur de la Contradiction, de la Discussion, apparaît en ceci, que l'enseignement supérieur, où elle règne, tend toujours à descendre dans l'enseignement secondaire, où elle est déjà moins marquée, et à l'école primaire, où elle est nulle. Les contradictions des savants ne servent à rien ou ne servent qu'à dégager des adaptations de vérités à l'usage futur des instituteurs ruraux.

peut-être d'une nouvelle race? Nous n'en savons rien. Il est vrai que, lorsque deux ondes sonores, en nterférant, au lieu de s'entre-détruire s'entr'aident et produisent un renforcement du son ou un timbre inattendu, nous sommes un peu mieux éclairés sur la nature du phénomène ; mais c'est qu'à vrai dire, ce simple renforcement de son, ou même la production de ce timbre, qui n'est une création originale qu'au point de vue subjectif de nos sensations acoustiques, n'ont rien de commun avec le fait, objectivement novateur, de la combinaison chimique. De mêmé, quand deux espèces animales ou végétales, en se rencontrant, se servent mutuellement d'aide et de parasite l'une à l'autre, ce cas très clair de mutualisme vivant donne lieu à un simple accroissement de leur bien-être et de leur propagation et ne doit pas être confondu avec le cas de la fécondation, qui reste très obscur. Mais, quand une interférence heureuse se produit entre deux rayonnements imitatifs, quelle qu'elle soit, elle est toujours transparente pour notre raison. Elle peut consister simplement à les stimuler l'un par l'autre — comme lorsque la propagation du bec Auer favorise celle du gaz et réciproquement, ou comme lorsque la propagation de la langue française favorise celle de la littérature

française qui la favorise à son tour. — Il se peut
aussi que cette interférence ait une efficacité plus
profonde et provoque une invention nouvelle, foyer
d'une nouvelle imitation rayonnante, — comme
lorsque la propagation du cuivre, se rencontrant
un jour avec celle de l'étain, a suggéré l'idée de fa-
briquer le bronze, ou comme lorsque la connaissance
de l'algèbre et celle de la géométrie ont suggéré à
Descartes l'expression algébrique des courbes. —
Mais, dans le dernier cas comme dans le premier,
nous voyons très clairement que l'adaptation est un
rapport logique ou téléologique et qu'elle se ra-
mène à l'un ou à l'autre de ces deux types : tantôt
elle est, comme la loi de Newton, comme n'importe
quelle loi scientifique, une synthèse d'idées qui auparavant ne semblaient ni se confirmer ni se contredire, et qui maintenant se confirment mutuellement,
conséquences d'un même principe ; tantôt elle est,
comme une machine industrielle quelconque, une
synthèse d'actions qui, naguère étrangères les unes
aux autres, s'entre-servent par un ingénieux rapprochement, moyens solidaires d'une même fin. L'invention du char (déjà complexe, nous le savons),
l'invention du fer, l'invention de la force motrice de
la vapeur, l'invention du piston, l'invention du rail :

autant d'inventions qui paraissaient étrangères les unes aux autres et qui se sont solidarisées dans celle de la locomotive.

En second lieu, qu'il s'agisse d'une synthèse d'actions, d'une invention scientifique ou industrielle, religieuse ou esthétique, théorique en un mot ou pratique, le procédé élémentaire qui l'a formée est toujours ce qu'on peut appeler un accouplement logique. Quel que soit en effet le nombre d'idées ou d'actes qu'une théorie ou une machine synthétise, il n'y a jamais eu que deux éléments à la fois qui se soient combinés, adaptés l'un à l'autre, dans le cerveau de l'inventeur ou de chacun des inventeurs qui ont successivement collaboré à sa formation (1). Dans sa *Sémantique*, M. Bréal faisait dernièrement, à propos du langage, une remarque très fine, qui vient à l'appui de cette observation générale : « Quelle que soit la longueur, dit-il, d'un (mot) composé, il ne comprend jamais que deux termes. Cette règle n'est pas arbitraire : elle tient à la nature de notre esprit qui associe ses idées par couples. » En un autre passage relatif

_____

(1) Voir, dans les *Lois de l'imitation*, le chapitre sur les *lois logiques de l'imitation*, notamment p. 175, p. 195 et suiv., — et, dans la *Logique sociale*, le chapitre sur les *lois de l'invention*.

aux figures schématiques par lesquelles James Dar-
mesteter a essayé de rendre visible aux yeux l'évolution des sens des mots suivant des voies différentes,
le même auteur écrit : « Il faut bien se rappeler que
ces figures compliquées n'ont de valeur que pour le
seul linguiste : celui qui invente le sens nouveau (d'un
mot) oublie dans le moment tous les sens antérieurs,
excepté un seul, de sorte que les associations d'idées
se font toujours deux à deux. » — Toujours, de même
que les oppositions d'idées, nous l'avons vu. Il serait
facile, mais bien long, de montrer la généralité de ce
procédé en prenant successivement sur le fait chaque
découverte ou chaque perfectionnement ajouté à une
découverte antérieure dans l'ordre scientifique, dans
l'ordre juridique, dans l'ordre économique, politique, artistique, moral. Indiquons plutôt ici pourquoi il en est ainsi, comment la chose est rendue
possible et nécessaire.

Cela tient essentiellement à ce que, d'une part, le
pas de l'esprit, sa démarche élémentaire, consiste à
passer d'une idée à une autre, en liant les deux par
un jugement ou par une volition, par un jugement
qui montre l'idée de l'attribut impliquée dans celle du
sujet, ou par une volition qui regarde l'idée du moyen
comme impliquée dans celle du but. D'autre part, si

l'esprit passe d'un jugement à un autre jugement
plus complexe, d'une volition à une autre volition
plus compréhensive, c'est parce qu'à force de se
répéter mentalement, par cette double forme d'imitation de soi-même qu'on appelle mémoire ou habitude, un jugement se pelotonne en notion, fusion de
ses deux termes devenus soudés et indistincts, et une
volition, un dessein, se transforme en réflexe de
moins en moins conscient. Par cette transformation
inévitable — qui s'opère en grand, socialement, sous
les noms respectés de tradition et de coutume — nos
anciens jugements sont aptes à entrer comme notions
dans la substance d'un jugement nouveau, nos anciens
desseins dans celle d'un dessein nouveau. De la plus
basse à la plus haute opération de notre entendement
et de notre volonté, ce procédé ne change pas; et il
n'est pas de découverte théorique qui soit autre chose
que la jonction judiciaire d'un attribut, c'est-à-dire
d'anciens jugements, à un nouveau sujet, comme il
n'est pas de découverte pratique qui soit autre chose
que la jonction volontaire d'un moyen, c'est-à-dire
d'une ancienne fin voulue pour elle-même, à une
nouvelle fin. Par cette alternance, à la fois si simple
et si féconde, de changements inverses, qui se succèdent indéfiniment, le jugement ou le but d'hier

devenant la simple notion ou le simple moyen d'aujourd'hui qui suscitera le jugement ou le but de demain, destiné lui-même à déchoir à son tour en se consolidant, et ainsi de suite; par ce rythme social, aussi bien que psychologique, se sont élevés peu à peu tous les grands édifices de découvertes et d'inventions accumulées qui provoquent notre admiration : et nos langues, et nos religions, et nos sciences, et nos codes, et nos administrations, et, certes, notre organisation militaire, et nos industries, et nos arts.

Quand on considère une de ces grandes choses sociales, une grammaire, un code, une théologie, l'esprit individuel paraît si peu de chose au pied de ces monuments, que l'idée de voir en lui l'unique maçon de ces cathédrales gigantesques semble ridicule à certains sociologues, et, sans s'apercevoir qu'on renonce ainsi à les expliquer, on est excusable de se laisser aller à dire que ce sont là des œuvres éminemment impersonnelles, — d'où il n'y a qu'un pas à prétendre, avec mon éminent adversaire, M. Durkheim, que, loin d'être *fonctions* de l'individu, elles sont ses *facteurs*, qu'elles existent indépendamment des personnes humaines et les gouvernent despotiquement en projetant sur elles leur ombre oppressive. Mais comment ces

réalités sociales — car, si je combats l'idée de l'organisme social, je suis loin de contredire celle d'un certain *réalisme* social, sur lequel il y aurait à s'entendre,
— comment, je le répète, ces réalités sociales se sont-
elles faites ? Je vois bien qu'une fois faites, elles
s'imposent à l'individu, quelquefois par contrainte,
rarement, le plus souvent par persuasion, par suggestion, par le plaisir singulier que nous goûtons,
depuis le berceau, à nous imprégner des exemples de
nos mille modèles ambiants, comme l'enfant à aspirer
le lait de sa mère. Je vois bien cela, mais comment
ces monuments prestigieux dont je parle ont-ils été
construits, et par qui, si ce n'est par des hommes et
des efforts humains ?

Quant au monument scientifique, le plus grandiose peut-être de tous les monuments humains, il
n'y a pas de doute possible. Celui-là s'est édifié à la
pleine lumière de l'histoire, et nous suivons son développement à peu près depuis ses débuts jusqu'à nos
jours. Que nos sciences aient commencé par être
une poussière de petites découvertes éparses et sans
lien, qui se sont groupées ensuite — groupements
dont chacun a été lui-même une découverte — en
petites théories, elles-mêmes fusionnées plus tard en
théories plus vastes, confirmées ou rectifiées par une

multitude d'autres découvertes, enfin reliées puissam-
ment par des arches d'hypothèses jetées sur elles,
hautes inventions de l'esprit unitaire; qu'il en soit
ainsi, cela est indiscutable. Il n'est pas de loi, il n'est
pas de théorie scientifique, comme il n'est pas de
système philosophique, qui ne porte encore écrit le
nom de son inventeur. Tout est là d'origine individuelle, non seulement tous les matériaux, mais les
plans, les plans de détail et les plans d'ensemble;
tout, même ce qui est maintenant répandu dans tous
les cerveaux cultivés et enseigné à l'école primaire, a
débuté par être le secret d'un cerveau solitaire, d'où
cette petite lampe, agitée, timide, a rayonné à grand'-
peine dans une étroite sphère à travers les contradictions, jusqu'à ce que, fortifiée en se répandant,
elle soit devenue une lumière éclatante.

Mais, s'il est évident que la science s'est construite
ainsi, il n'est pas moins certain que la construction
d'un dogme, d'un corps de droit, d'un gouvernement,
d'un régime économique, s'est opérée pareillement;
et, s'il y a des doutes possibles en ce qui concerne la
langue et la morale, parce que l'obscurité de leurs
origines et la lenteur de leurs transformations les
dérobent à nos yeux dans la plus grande partie de
leur cours, combien n'est-il pas probable que leur

évolution a suivi la même voie ! N'est-ce pas par de
minuscules créations d'expressions imagées, de tour-
nures pittoresques, de mots nouveaux ou de sens
nouveaux, que notre langue autour de nous s'enri-
chit, et chacune de ces innovations, pour être d'ordinaire anonyme, en est-elle moins une initiative per-
sonnelle imitée de proche en proche ? et n'est-ce pas
ces bonheurs d'expression, pullulant en chaque
langue, que les langues en contact s'empruntent réciproquement pour grossir leur dictionnaire et assou-
plir sinon compliquer leur grammaire ? N'est-ce pas
aussi par une série de petites révoltes individuelles
contre la morale courante, ou de petites additions
individuelles à ses préceptes, que cette morale subit
de lentes modifications ? Et est-ce qu'on ne passe pas,
à travers des phases successives, d'une ère très antique où les langues étaient innombrables mais très
pauvres, chacune parlée par une peuplade, une tribu,
un bourg, où les morales étaient aussi très nombreuses, très dissemblables et très simples, à notre
époque où un petit nombre de langues très riches et
de morales très compliquées, sont en train de se dis-
puter l'hégémonie future du globe terrestre ?

Ce qu'il faut accorder aux adversaires de la théorie
des causes individuelles en histoire, c'est qu'on l'a

faussée en parlant de grands hommes là où il fallait
parler de grandes idées, souvent apparues en de très
petits hommes, et même de petites idées, d'infinitésimales innovations apportées par chacun de nous à
l'œuvre commune. La vérité est que tous, ou presque tous, nous avons collaboré à ces gigantesques
édifices qui nous dominent et nous protègent ; chacun de nous, si orthodoxe qu'il puisse être, a sa religion à soi, et, si correct qu'il puisse être, sa langue
à soi, sa morale à soi ; le plus vulgaire des savants a
sa science à lui, le plus routinier des administrateurs
a son art administratif à lui. Et, de même qu'il a sa
petite invention consciente ou inconsciente qu'il ajoute
au legs séculaire des choses sociales dont il a le dépôt passager, il a aussi son rayonnement imitatif
dans sa sphère plus ou moins bornée, mais qui suffit
à prolonger sa trouvaille au delà de son existence
éphémère et à la recueillir pour les ouvriers futurs
qui la mettront en œuvre. L'imitation, qui socialise
l'individuel, perpétue de toutes parts les bonnes idées,
et, en les perpétuant, les rapproche et les féconde.

Dira-t-on, par hasard, qu'étant donnée la nature
éternelle des choses en présence de l'esprit humain
lui-même persistant, la science humaine devait tôt
ou tard arriver, n'importe par quel chemin de décou-

vertes individuelles, au point où nous la voyons, où
nos petits-neveux la verront, que sa forme future,
claire et glorieuse, était déjà prédéterminée dès les
premières perceptions du cerveau sauvage, et qu'ainsi
l'accident du génie, le rôle de l'individu, importe peu
ou va perdant chaque jour de son importance à
mesure que l'on se rapproche de cette réalité idéale,
platoniquement attractive, qui laisse déjà deviner ses
contours ? Mais, cette objection, si elle était vraie,
devrait être généralisée, et il s'ensuivrait que, par
un enchaînement quelconque de satisfactions et de
besoins, nés alternativement les uns des autres, un
irrésistible attrait de je ne sais quelles épures divines,
invisiblement impérieuses, conduirait inévitablement
l'humanité au même terme politique, économique
ou autre, à la même constitution, à la même industrie, à la même langue, à la même législation finale ?
Jusqu'ici, rien de plus contraire aux faits que cette
vue, car, plus les civilisations diverses qui se partagent la terre, la civilisation chrétienne, la civilisation bouddhique, la civilisation islamique, se sont
développées, plus leur originalité et leurs dissemblances se sont accentuées. Toutefois, ce qui me
plairait en cette manière de voir, c'est qu'elle est
idéaliste, mais elle ne l'est pas assez, et par là elle

l'est mal. Il n'y a pas une seule idée ou un petit
nombre d'idées, situées en l'air, qui meuvent le
monde ; il en est des milliers et des milliers qui
luttent pour la gloire de l'avoir mené. Ces idées
qui agitent le monde, ce sont les idées même de
ses acteurs : chacun d'eux a bataillé pour faire
triompher la sienne, rêve de réorganisation locale,
nationale ou internationale, qui se développait en
se réalisant, qui, même en succombant, s'amplifiait
parfois. Chaque individu historique a été une humanité nouvelle en projet, et tout son être individuel, tout son effort individuel n'a été que l'affirmation de cet universel fragmentaire qu'il portait en
lui. Et de ces idées sans nombre, de ces grands
programmes patriotiques ou humanitaires, qui dominent, comme de grands drapeaux mutuellement
déchirés, la mêlée humaine, un seul survivra, c'est
possible, un seul sur des myriades, mais lui-même
aura été individuel à l'origine, jailli un jour du cerveau ou du cœur d'un homme ; et je veux bien que
son triomphe ait été nécessaire, mais sa nécessité,
qui se révèle après coup, que nul d'avance n'a prévue,
que nul n'a pu prévoir avec certitude, n'est que
l'expression verbale de la supériorité des efforts individuels mis au service de cette conception indivi-

duelle. Cause finale et causes efficientes se confondent ici, et il n'y a pas lieu de les distinguer.

Et c'est parce que toute construction sociale a
pour tous matériaux, et pour tous plans même, des
apports individuels, que je ne saurais admettre le
caractère de contrainte souveraine, dominatrice, de
l'individu, qui a été considéré comme l'attribut essentiel et propre de la réalité sociale. S'il en était ainsi,
cette réalité ne s'accroîtrait jamais, ces monuments
n'auraient jamais pu s'édifier, car, à chacun de leurs
accroissements successifs par l'insertion d'une innovation, mot nouveau, nouveau projet de loi, nouvelle
théorie scientifique, nouveau procédé industriel, etc..
ce n'est pas par force que cette nouveauté s'introduit, ce ne peut être que par persuasion et suggestion douce. Voyez la manière dont s'accroît le palais
des sciences. Une théorie y est longtemps discutée
dans l'enseignement supérieur, avant de s'y propager
sous forme d'hypothèse plus ou moins probable,
puis de descendre dans l'enseignement secondaire,
où elle s'affirme plus résolument ; mais ce n'est,
en général, qu'en parvenant à l'enseignement primaire qu'elle dogmatise tout à fait et qu'elle exerce
ou cherche à exercer sur l'esprit de ses adhérents
enfantins, qui d'ailleurs s'y prêtent avec la meilleure

volonté du monde, la coercition, nullement despotique, dont on parle. Cela signifie, en d'autres termes,
que c'est en vertu de sa persuasivité antérieure
que son impériosité actuelle s'est établie, le tout par
propagation imitative. Il en est de même d'une nouveauté industrielle qui se répand : elle est un caprice
d'une élite avant d'être un besoin du public, et de
faire partie du nécessaire. Car le luxe d'aujourd'hui
c'est le nécessaire de demain, par la même raison que
l'enseignement supérieur d'aujourd'hui, c'est l'enseignement secondaire ou primaire même de demain.

Ce grand sujet de l'adaptation sociale exigerait
bien d'autres développements ; j'en ai esquissé
quelques-uns dans mon livre sur la *Logique sociale*,
auquel je me permets de renvoyer. Mais il faut se
borner. Je n'insisterai pas enfin sur cette remarque,
malheureusement trop évidente, que, plus les adaptations sont multiples et précises, plus des inadapta-
tions sociales se révèlent, douloureuses, énigmatiques, justification de tant de plaintes. Mais nous
sommes en mesure de dire, maintenant, pourquoi les
harmonies naturelles, de même que les symétries
naturelles, sont rarement parfaites, pourquoi il s'y

mêle toujours et s'en échappe des dysharmonies et
des dyssymétries qui contribuent elles-mêmes parfois
à susciter des adaptations et des oppositions plus
hautes. C'est que l'adaptation parfaite et l'opposition
parfaite sont les deux extrémités d'une série infinie,
entre lesquelles s'interposent d'innombrables positions. Entre la confirmation absolue d'une thèse par
une autre et la contradiction absolue des deux, il y a
une infinité de contradictions et de confirmations
partielles, sans compter l'infinité des degrés de
croyance affirmative et négative. Une question sui
vie d'une réponse: voilà l'invention. Mais, à une
question donnée, mille réponses sont possibles, de
plus en plus exactes et complètes. A cette question:
le besoin de voir, il n'y a pas que l'œil humain qui
ait répondu dans la nature, il y a tous les yeux d'insectes, d'oiseaux, de mollusques. A cette question:
le besoin de fixer la parole, il n'y a pas que l'alpha-
bet phénicien qui ait répondu.

C'est parce qu'il y a, au fond de toute société, une
multitude de petites ou de grandes réponses à des
questions, et une multitude de questions nouvelles
qui surgissent de ces réponses mêmes, qu'il y a aussi
un nombre considérable de petites ou de grandes
luttes entre les partisans de solutions différentes. La

lutte n'est que la rencontre d'harmonies, mais cette
rencontre n'est, certes, pas le seul rapport des harmonies ; leur relation la plus habituelle est l'accord,
la production d'une harmonie supérieure. A chaque
instant, soit en parlant, soit en travaillant à n'importe
quoi, nous éprouvons un besoin et nous le satisfai-
sons, et c'est cette série de satisfactions, de solutions, qui constitue le discours ou le travail, et aussi
bien la politique intérieure ou extérieure, la diploma-
tie et la guerre, toutes les formes de l'activité
humaine. Ce sont les efforts, incessamment répétés,
des individus d'une nation, pour adapter leur langue
à leur pensée du moment (1) qui ont pour effet de
modifier et de transformer peu à peu les langues, de
susciter des langues nouvelles. Si on avait tenu
registre, comme a essayé de le faire dans un coin de
a Charente M. l'abbé Rousselot, de tous ces efforts
successifs, on pourrait dire le nombre précis d'*adaptations linguistiques élémentaires* dont une modification du son ou du sens des mots est l'intégration.
Pour adapter leurs dogmes et leurs préceptes religieux à leurs connaissances et à leurs besoins, pour
y adapter aussi leurs mœurs et leurs lois, leur

(1) Voir à ce sujet la *Sémantique* de M. Bréal.

morale même, les individus, et principalement ceux
qui se sentent les plus inadaptés à leur milieu sinon
à eux mêmes, font de même des efforts incessants qui
aboutissent à de petites trouvailles accumulées (1).

(1) Si l'on veut faire de la sociologie une science vraiment
expérimentale et lui imprimer le plus profond cachet de précision, il faut, je crois, par la collaboration d'un grand nombre
d'observateurs dévoués, généraliser la méthode de l'abbé
Rousselot en ce qu'elle a d'essentiel. Supposez que vingt,
trente, cinquante sociologues, nés en des régions différentes
de la France ou d'autres pays, rédigent, chacun à part, avec
le plus de soin et de minutie possible, la série des petites
transformations d'ordre politique, d'ordre économique, etc.,
qu'il leur a été donné d'observer dans leur petite ville ou
leur bourgade natale, et d'abord dans leur entourage immé-
diat; — supposez qu'au lieu de se bornerà des généralités,
ils notent par le menu les manifestations individuelles d'une
hausse ou d'une baisse de foi religieuse ou de foi politique,
de moralité ou d'immoralité, de luxe, de confort, d'une modification de croyance politique ou religieuse, qui se sont
fait jour sous leurs yeux depuis qu'ils ont l'âge de raison,
dans leur propre famille d'abord, dans le cercle de leurs
amis; — supposez qu'ils fassent des efforts, comme le linguiste distingué cité plus haut, pour remonter à la source
individuelle des petites diminutions, ou augmentations, ou
tranformations, d'idées et de tendances, qui se sont propagées de là dans un certain groupe de gens et qui se tradui-
sent par d'imperceptibles changements dans le langage,
dans les gestes, dans la toilette, dans les habitudes quelconques; — supposez cela, et vous verrez que de l'ensemble
de *monographies* pareilles, éminemment instructives, ne
pourraient manquer de se dégager les plus importantes

Et, de temps en temps, quelque grand inventeur,
quelque grand accordeur surgit.

Les dysharmonies sont aux harmonies ce que les
dyssymétries sont aux symétries, ce que les variations
sont aux répétitions. Or c'est seulement du sein des
répétitions précises, des oppositions nettes, des harmonies étroites, qu'éclosent les échantillons les plus
caractérisés de la diversité, du pittoresque, du désordre

vérités, les plus utiles à connaître non seulement pour le
sociologue mais pour l'homme d'État. Ces monographies
narratives différeraient profondément des monographies
descriptives et seraient tout autrement éclairantes. Ce sont
les *changements* sociaux qu'il s'agit de surprendre sur le vif
et par le menu pour comprendre les *états* sociaux, et l'inverse n'est pas vrai. On a beau accumuler des *constats*
d'états sociaux dans tous les pays du monde, la loi de leur
formation n'apparaît pas, elle disparaîtrait plutôt sous le
faix des documents entassés. Mais celui qui connaîtrait
bien, dans le détail précis, le changement des mœurs sur
quelques points particuliers, pendant dix ans et dans un
seul pays, ne pourrait manquer de mettre la main sur la
formule générale des transformations sociales, et, par suite,
des formations sociales mêmes, applicable en tout pays et
en tout temps. — Il serait bon, pour une telle recherche, de
procéder par voie de questionnaire d'abord très limité : on
pourrait se demander, par exemple, dans certaines régions
rurales du Midi, par qui et comment s'est introduite et s'est
propagée parmi les paysans l'habitude de ne plus saluer
les propriétaires aisés de leur voisinage, — ou sous quelles
influences commence à se perdre la foi en la sorcellerie, aux
loups-garous, etc.

universels, à savoir les physionomies individuelles.
C'est peu de chose, c'est chose bien passagère, une
physionomie d'homme ou de femme, affinée par la
vie sociale, par la vie d'imitation intense, compliquée
et continue. Mais rien n'est plus important que cette
nuance fugitive. Et le peintre n'a pas perdu son temps
qui est parvenu à la fixer, ni le poète ou le romancier
qui l'a fait revivre. Le penseur n'a pas le droit de sourire à la vue de leurs longs efforts pour saisir cette
chose presque insaisissable qui n'a plus été et ne sera
plus. Il n'y a pas de science de l'individuel, mais il
n'y a d'art que de l'individuel. Et le savant, en son-
geant que la vie universelle est suspendue tout entière
à la floraison de l'individualité des personnes, devrait
considérer avec une modestie quelque peu jalouse le
labeur de l'artiste, si lui-même, en imprimant nécessairement son cachet personnel à sa conception générale des choses, ne lui donnait toujours un prix
esthétique, vraie raison d'être de sa pensée.

CONCLUSION

Il est temps de finir, mais, en finissant, résumons les conclusions principales auxquelles nous avons été conduits, et cherchons la signification de leur rapprochement. Nous avons vu que toute science vit de similitudes, de contrastes ou de symétries, et d'harmonies, c'est-à-dire de répétitions, d'oppositions et d'adaptations, et nous nous sommes demandé quelle était la loi de chacun de ces trois termes ainsi que le rapport de chacun d'eux avec les autres. Nous avons vu que, malgré son penchant naturel, et, à priori si légitime en apparence, à s'attacher aux phéno-mènes les plus grands, les plus volumineux, les plus prestigieux, pour expliquer les moins visibles, l'esprit humain a été irrésistiblement amené à trouver le principe des choses, en tout ordre de faits, dans les faits les plus cachés, dont la source, à vrai dire, lui reste insondable. Cette constatation devrait lui causer

une grande surprise, mais il n'en est rien, tellement
l'habitude de l'observation scientifique nous a rendu
familier ce renversement de l'ordre rêvé par la pensée
naissante. La loi de la répétition, donc, qu'il s'agisse
de la répétition ondulatoire et gravitatoire du monde
physique ou de la répétition héréditaire et *habituelle*
du monde vivant, ou de la répétition imitative du
monde social, est la tendance à passer par voie d'am-
plification progressive d'un infinitésimal relatif à un
infini relatif. La loi de l'opposition n'est pas autre :
elle consiste en une tendance à s'amplifier dans une
sphère toujours grandissante, à partir d'un point
vivant. Ce point, socialement, c'est le cerveau d'un
individu, la cellule de ce cerveau où se produit, par
une interférence de rayons imitatifs venus du dehors,
une contradiction de deux croyances ou de deux désirs. Telle est l'opposition sociale élémentaire, principe
initial des plus sanglantes guerres, de même que la
répétition sociale élémentaire est le fait individuel du
premier imitateur, point de départ d'une immense
contagion de mode. La loi de l'adaptation, enfin, est
pareille : l'adaptation sociale élémentaire, c'est l'invention individuelle destinée à être imitée, c'est-à-
dire l'interférence heureuse de deux imitations, dans
un seul esprit d'abord ; et la tendance de cette har-

monie tout intérieure à l'origine est non seulement de s'extérioriser en se répandant, mais encore de s'accoupler logiquement, grâce à cette diffusion imitative, avec quelque autre invention, et ainsi de suite, jusqu'à ce que, par des complications et des harmonisations successives d'harmonies, s'élèvent ces grandes œuvres collectives de l'esprit humain, une grammaire, une théologie, une encyclopédie, un corps de droit, une organisation naturelle ou artificielle du travail, une esthétique, une morale.

Ainsi, en résumé, il est certain que tout vient de l'infinitésimal, et, ajoutons-le, il est probable que tout y retourne. C'est l'alpha et l'oméga. Tout ce qui constitue l'univers visible, accessible à nos observations, nous savons que tout cela procède de l'invisible et de l'impénétrable, d'un rien apparent, d'où sort toute réalité, inépuisablement. Si nous réfléchissons à ce phénomène étrange, nous nous étonnerons de la puissance du préjugé, à la fois populaire et scientifique, qui fait regarder par tout le monde, par un Spencer aussi bien que par le premier venu, l'infinitésimal comme insignifiant, c'est-à-dire homogène, neutre, sans rien de caractérisé ni de spirituel. Illusion indéracinable ! Et d'autant plus inexplicable que nous aussi, comme tout être, nous sommes des

tinés à rentrer prochainement, par la mort, dans cet
infinitésimal d'où nous sommes sortis, dans cet infinitésimal si méprisé — qui pourrait bien être au
fond, qui sait ? tout l'au delà vrai, tout l'asile posthume, vainement cherché dans les espaces infinis...
Quoi qu'il en soit, quelle raison avons-nous de juger
à priori, ne connaissant pas le monde élémentaire,
que le seul monde visible, le monde spacieux et volumineux, est le théâtre de la pensée, le siège de phénomènes variés et vivants ? Comment pouvons-nous
le supposer, quand nous voyons à chaque instant
jaillir un être individuel, avec sa physionomie propre
et rayonnante, du fond d'un ovule fécondé, du fond
d'une partie de cet ovule, d'une partie qui va se cir-
conscrivant et s'évanouissant à mesure qu'on la vise
mieux, jusqu'à je ne sais quel point inimaginable ?
Ce point, source d'une telle différence, comment le
juger lui-même indifférencié ? Je sais bien ce qu'on
va m'objecter : la prétendue loi de l'instabilité de
l'homogène. Mais elle est fausse, mais elle est arbitraire, mais elle a été imaginée tout exprès pour con-
cilier avec le parti pris de croire indifférencié en soi
l'indistinct à nos yeux, l'évidence des diversités phénoménales, des exubérantes variations vivantes, psychologiques et sociales. La vérité est que l'hétéro-

gène seul est instable et que l'homogène est stable
essentiellement. La stabilité des choses est en raison
directe de leur homogénéité. La seule chose parfaitement homogène — ou paraissant telle — dans la
Nature, c'est l'Espace géométrique, qui n'a point
changé depuis Euclide. Veut-on dire simplement que
le moindre germe d'hétérogénéité, introduit dans un
agrégat relativement homogène, comme le levain
dans une pâte, y provoque nécessairement une différenciation croissante ? Mais je le conteste : dans un
pays d'orthodoxie, d'unanimité religieuse ou politique, l'introduction d'une hérésie, d'une dissidence,
a bien plus de chance d'être résorbée ou expulsée
avant peu que de croître aux dépens de l'Eglise ou de
la politique régnante. Ce n'est pas que je nie la loi
de différenciation dans ses applications organiques
ou sociales, mais elle est bien mal comprise si elle
empêche de voir la loi d'uniformisation croissante
qui s'y mêle et s'y entrelace. En réalité, la différenciation dont on veut parler, c'est plutôt l'adaptation
dont nous parlons; et, par exemple, la division du
travail dans nos sociétés n'est que l'association ou la
co-adaptation progressive des divers travaux par des
inventions successives. Primitivement circonscrite
au *ménage*, elle va se répétant et s'amplifiant sans

cesse, s'étendant d'abord à la cité, où les divers mé-
nages, autrefois semblables les uns aux autres, mais
différenciés intérieurement, deviennent dissemblables
les uns aux autres, mais séparément plus homogènes; puis devenant nationale, et internationale. —
Il n'est donc pas vrai que la différence aille croissant,
car, à chaque instant, si de nouvelles et autres différences apparaissent, d'anciennes différences s'effa-
cent; et, en tenant compte de cette considération,
nous n'avons nulle raison de penser que la somme
des différences, si tant est qu'on puisse sommer des
choses sans commune mesure, ait augmenté dans
l'univers. Quelque chose de bien plus important
qu'une simple augmentation de différence s'y accom-
plit incessamment, la différenciation de la différence
elle-même. Le changement même y va changeant, et
dans un certain sens qui, d'une ère de différences
crues et juxtaposées, comme de couleurs criardes et
non fondues, nous achemine à une ère de différences
harmonieusement nuancées. — Quoi qu'on puisse
penser de cette vue, il n'en reste pas moins inconcevable que, dans l'hypothèse d'une substance homogène soumise depuis l'éternité à la discipline nive-
leuse et coordinatrice des lois scientifiques, un univers tel que le nôtre, éblouissant d'un si grand luxe

de surprises et de caprices, ait jamais pu exister. Du
parfaitement semblable et parfaitement réglé, qu'au-
rait-il pu naître si ce n'est un monde éternellement
et immensément plat ? Aussi, à cette conception courante de l'univers comme formé d'une poussière infinie d'éléments tous semblables au fond, d'où la
diversité aurait jailli on ne sait comment, je me permets d'opposer ma conception particulière qui le re-
présente comme la réalisation d'une multitude de virtualités élémentaires (1), chacune caractérisée et ambitieuse, chacune portant en soi son univers distinct,
son univers à soi et en rêve. Car il avorte infiniment
plus de projets élémentaires qu'il ne s'en développe;
et c'est entre les rêves concurrents, entre les programmes rivaux, bien plus qu'entre les êtres, que se
livre la grande bataille pour la vie, éliminatrice des
moins adaptés. En sorte que le sous-sol mystérieux
du monde phénoménal serait tout aussi riche en diversités, mais en diversités autres, que l'étage des
réalités superficielles.

Mais, après tout, cette métaphysique que j'indique
importe assez peu à l'exposition qui l'a précédée, et

(1) Voir, à ce sujet, dans nos *Essais et Mélanges* (Storck et
Masson, Paris-Lyon, 1895) l'étude intitulée *Monadologie et
Sociologie,*

je n'émets cette hypothèse qu'entre parenthèses, en
faisant remarquer que, rejetée même, elle laisse de-
bout les considérations plus solides et plus positives
présentées plus haut. Elle permet seulement d'embrasser sous un même point de vue les deux sortes
de vérités, en apparences étrangères les unes aux
autres, que nous avons recueillies tout le long de
notre chemin : à savoir, celles qui ont trait à la progression régulière des répétitions, des luttes, des
harmonies universelles, au côté régulier du monde,
aliment de la science, — et celles qui sont relatives
au côté sauvage du monde, proie exquise de l'art en
renouvellement perpétuel, à la nécessité éternelle, ce
semble, du divers, du pittoresque, du désordonné,
grâce au fonctionnement même de l'assimilation, de
la symétrisation, de l'harmonisation universelles. Rien
de plus aisé à comprendre que cette apparente ano-
malie, si l'on suppose que les originalités sous-phé-
noménales des choses travaillent non à s'effacer mais
à s'épanouir, à éclater en haut. Dès lors tout s'explique ; et, de même que les rapports mutuels de nos
trois termes, répétition, opposition, adaptation, sont
aisément intelligibles quand on considère la répétition progressive comme fonctionnant au service de
l'adaptation qu'elle répand et que, par ses interfé-

rences, elle développe, à la faveur parfois de l'opposition, que, par ses interférences d'autre sorte, elle conditionne aussi, — de même, on peut croire que toutes trois collaborent ensemble à l'épanouissement de la variation universelle sous ses formes individuelles et personnelles les plus élevées, les plus larges et les plus profondes.

(Octobre 1897.)

TABLE DES MATIÈRES

	Pages
Avant-propos	5
Introduction.	7
Chapitre Premier. — La répétition des phéno-mènes	15
Chapitre II. — L'opposition des phénomènes	57
Chapitre III. — L'adaptation des phéno-mènes	113
Conclusion.	157

2578. — Tours, imprimerie E. Arrault et Cⁱᵉ

BIBLIOTHÈQUE DE PHILOSOPHIE CONTEMPORAINE
Volumes in-16; chaque vol. broché : 2 fr. 50

R. Allier.
Philos. d'Ernest Renan. 3ᵉ édit.
G. Aslan.
Expér. et invent. en morale.
A. Bayet.
La morale scientifique. 2ᵉ éd.
A. Binet.
La psychol. du raisonn. 5ᵉ édit.
Philippe et Paul-Boncour
Anomalies ment. chez les écoliers.
G. Bos
Psychol. de la croyance. 2ᵉ éd.
Pessimisme, féminisme, etc.
M. Boucher
Essai sur l'hyperespace 2ᵉ éd.
C. Bouglé.
Les sciences soc. en Allem.
E. Boutroux.
Conting. des lois de la nature.
J. Bourdeau
Maîtres de la pensée contemp.
Socialistes et sociologues.
Pragmatisme et modernisme.
Brunschvicg.
Introd. à la vie de l'esprit. 2ᵉ éd.
L'idéalisme contemporain.
C. Coignet.
Évolution du protestantisme.
G. Compayré
L'adolescence 2ᵉ édition.
A. Cresson.
La morale de Kant. 2ᵉ éd.
Malaise de la pensée philos.
Philosophie naturaliste.
Danville.
Psychologie de l'amour. 5ᵉ éd.
Delvolvé.
Organis. de la consc. morale.
Rationalisme et tradition.
Dromard.
Mensonges de la vie intérieure.
L. Dugas.
Le psittacisme.
La timidité. 5ᵉ édition
Psychologie du rire 2ᵉ édit.
L'absolu.
L. Duguit
Droit social et droit individuel.
Dumas
Le sourire.
G.-L. Duprat.
Les causes sociales de la folie.
Le mensonge. 2ᵉ édit.
E. Durkheim.
Règles de la méth. soc. 5ᵉ éd.
Encausse
Occult. et Spiritual. 2ᵉ éd.
Flérens-Gevaert.
Essai sur l'art contemp. 2ᵉ éd.
La tristesse contemp. 5ᵉ éd.
Psychologie d'une ville. 3ᵉ éd.
Nouveaux essais sur l'art :

Fournière.
Essai sur l'individualisme
Rogues de Fursac.
Un mouvement mystique.
G. Geley
L'être subconscient.
Guyau.
Genèse de l'idée de temps.
E. Goblot
Justice et Liberté. 2ᵉ éd.
Grasset.
Limites de la biologie. 6ᵉ éd.
Jankelevitch.
Nature et société.
A. Joussain.
Fondem. psychol. de la morale.
Lachelier
Fondement de l'induction.
Le syllogisme.
C.-A. Laisant.
L'éduc. fond. s. la science. 2ᵉ éd.
A. Landry
La responsabilité pénale.
Gustave Le Bon.
Évolution des peuples. 9ᵉ éd.
Psychologie des foules. 15ᵉ éd.
F. Le Dantec.
Le déterminisme biol. 3ᵉ éd.
L'individualité. 2ᵉ éd.
Lamarckiens et Darwiniens.
L. Liard.
Logiciens angl. contem. 5ᵉ éd.
Définitions géomét. 3ᵉ éd.
H. Lichtenberger.
Philos. de Nietzsche. 11ᵉ édit.
Frag. et aphor. de Nietzsche.
Mauxion.
L'éduc. par l'instruction 2ᵉ éd.
La moralité.
G. Milhaud.
La certitude logique. 2ᵉ éd.
Le rationnel.
Murisier.
Malad. du sentim. relig. 3ᵉ éd.
Ossip-Lourié.
Pensées de Tolstoï. 3ᵉ édit.
Nouvelles pensées de Tolstoï.
La philos. de Tolstoï. 3ᵉ éd.
La philos. sociale dans Ibsen.
Le bonheur et l'intelligence.
Croyance religieuse.
Palante.
Précis de sociologie. 4ᵉ édit.
La sensibilité individualiste.
D. Parodi.
Le problème moral.
Fr. Paulhan.
La fonction de la mémoire
Psychologie de l'invention.
Les phénomènes affectifs. 2ᵉ éd
Analystes et esprits synthétiq.
La morale de l'ironie.

Péladan.
Philos. de Léonard de Vinci.
J. Philippe.
L'image mentale.
Proal
Éducat. et suicide des enfants.
Queyrat.
L'imag. chez l'enfant. 4ᵉ éd.
L'abstraction dans l'éduc. 2ᵉ éd.
Les caractères 3ᵉ éd.
La logique chez l'enfant. 3ᵉ éd.
Les jeux des enfants.
G. Rageot.
Les savants et la philosophie.
G. Renard.
Le régime socialiste. 6ᵉ édit.
Rey
L'énergétique et le mécanisme.
A. Réville.
Dogme de la divinité de J.-C.
Th. Ribot.
Probl. de psychol. affective.
La psych. de l'attention. 10ᵉ éd.
La phil. de Schopen. 12ᵉ éd.
Les mal. de la mém. 21ᵉ édit.
Les mal. de la volonté. 25ᵉ éd.
Mal. de la personnalité. 14ᵉ éd.
G. Richard.
Social. et science sociale. 2ᵉ éd.
Ch. Richet.
Psychologie générale. 8ᵉ éd.
Roussel-Despierres
L'idéal esthétique.
S. Rzewuski
L'optim. de Schopenhauer.
E. Roehrich.
L'attention.
P. Sollier.
Les phénomènes d'autoscopie.
L'association en psychologie.
Souriau
La rêverie esthétique.
Sully Prudhomme
Psychologie du Libre arbitre.
**Sully Prudhomme
et Ch. Richet.**
Probl. des causes finales. 3ᵉ éd
Tanon.
L'évolution du droit. 2ᵉ éd.
G. Tarde.
La criminalité comparée. 7ᵉ éd.
Les transform. du droit. 4ᵉ éd.
Les lois sociales. 6ᵉ éd.
J. Taussat.
Le monisme et l'animisme.
Thamin.
Éducation et positivisme. 3ᵉ éd.
P.-F. Thomas.
La suggestion et l'éduc. 4ᵉ éd.
Morale et éducation. 2ᵉ éd.
Tissié.
Les rêves. 2ᵉ édit.

4-10. — Coulommiers. Imp. PAUL BRODARD. — 1-10.